二十四の瞳

二十四只瞳

[日] 壶井荣 著

文君 译

中国出版集团　现代出版社

图书在版编目（ＣＩＰ）数据

二十四只瞳 ／（日）壶井荣著 ； 文君译. -- 北京 ：
现代出版社，2024.1
ISBN 978-7-5231-0637-2

Ⅰ．①二… Ⅱ．①壶… ②文… Ⅲ．①长篇小说-日
本-现代 Ⅳ．①I313.45

中国国家版本馆CIP数据核字（2023）第230575号

著　　　者　　[日]壶井荣
责任编辑　　王传丽　赵海燕

出 版 人　　乔先彪
出版发行　　现代出版社
地　　址　　北京市安定门外安华里504号
邮政编码　　100011
电　　话　　(010) 64267325
传　　真　　(010) 64245264
网　　址　　www.1980xd.com
印　　刷　　固安兰星球彩色印刷有限公司
开　　本　　850mm×1168mm　1/32
印　　张　　6.25
字　　数　　130千字
版　　次　　2024年2月第1版　2024年2月第1次印刷
书　　号　　ISBN 978-7-5231-0637-2
定　　价　　49.80元

目录

一 小石老师

如果以十年为一个年代，那么这个故事就发生在两个半年代前。那年社会发生了一件大事，就是政府修改了选举规则，颁布了《普通选举法》，并于二月进行了第一次选举。两个月后的昭和三年四月四日，一位年轻的女老师前往濑户内海边的贫困山村教书。那是个什么样的村子呢？可以说它是一个被称为任何山间渔村之名都合宜的村子。

这一带有个细长海岬包围着海湾，看上去像个湖泊，而有百余户人家的小村就位于海角的最尖端。村民要去对岸的城镇或村落只能划船渡海，或沿着蜿蜒延伸的海岬山路步行。由于交通十分不便，一到四年级的小学生都在村子里的分校上课，五年级才开始到距村五公里外的校本部读书。

每天放学回来，孩子们脚上穿的手工编织的草鞋就坏了，然而学生们却都为此而自豪。对他们来说，每天早上穿上新鞋肯定是件开心的事。自己亲手做草鞋也是升入五年级的工作之一。每到星期天，他们便聚集到某个同学家里一同做草鞋，这也是十分愉快的事。

年龄小的孩子羡慕地看着他们，不知不觉中就学会了草鞋的编法。对海角村这些小孩子们来说，升入五年级就意味着要自力更生了。

不过，分校的学习生活也很愉快。分校共有两位教师，总是会有一个年纪很大的男老师和一个年轻得像小孩一样的女老师。从很早以前到现在都是这样的组合，仿佛遵循什么规定似的。

男老师住在教师办公室旁边的夜间值班室，女老师则每天远道往返上下班。男老师负责教三、四年级的学生。女老师教一、二年级的学生，同时还教所有年级的音乐课和四年级女生的缝纫课，这些也是固定安排。学生们一般不称呼老师姓名，而是叫他们男老师和女老师。男老师会一直待在分校，直到能够领取退休金。而女老师则与之相反，往往待个一年，最多两年后便调走了。有传言说，海角村的小学分校，是没有希望当校长的男教师的教学生涯的终点，是新任女老师的辛劳工作的起点。人们不知道这个传言是真是假，看样子大概是真的。

再回到昭和三年四月四日。这天早上，海角村的五、六年级学生欢呼雀跃地走在五公里长的山路上，奔向村外的校本部。每上升一个年级，都会让孩子们心情亢奋，脚步也变得十分轻快。

书包里的课本换成了新的，从今天起就要到新教室接受新老师的授课。这份喜悦使他们觉得这条常走的道路也变得焕然一新了。新鲜感的另一个原因是，他们将在这条路上遇到分校新来的女老师。

"新来的女老师，会是个什么样的家伙呢？"

故意粗野地用"家伙"来称呼分校新来的女老师的，是那些高等科（相当于新制下的初中生）的男孩子们。

"听说这次来的可是刚出女校的实习生呢。"

"那么又是个半吊子老师。"

"反正会来海角村的都是半吊子老师。"

"咱们这个偏僻的穷村子，除了半吊子老师谁还来啊？"

有的老师不是正规师范毕业的，而是女校毕业的准教员（相当于今天的助教吧）。说话难听的大人称她们是半吊子，孩子便有样学样，把半吊子老师挂在嘴边，以为自己很老成，实际上他们对新老师并无恶意。

今天第一次走在这条山路上的五年级新生都听到了这句话，不过他们依旧保持着新成员的拘谨态度，眨着眼睛，惊慌失措。但是，当他们依稀可以看清路前方的人影后，率先发出欢呼的就是五年级新生。

"哇，是女老师！"

迎面走来的是不久前仍在为他们授课的小林老师。以往，她只是向众人点头，然后快步通过学生队伍，今天她却停下脚步，温柔地看着同学们的面孔，露出留恋的表情。

"今天真的要和你们道别了，以后再也不会在这条路上遇到大家了。要好好学习喔。"

听到如此深情的话语，有些女孩子眼里噙满了泪水。至今，只有小林老师打破以往女老师的惯例，自她前任女老师生病辞职算起，在海角村已经教了三年半。因此，在这里遇到的学生们都是她教过的。原本学生们要等到新学期开始那天才会得知换老师的消息，但小林老师破例提前十天就告诉了他们。三月二十五日，去校本部参加结业式回来的路上，就是现在相遇的地方，小林老师向大家道别，并给每个学生一小盒牛奶糖。于是，大家都以为今天会在路上遇到新来的女老师，可在遇见新老师之前遇到的却是小林老师。她正要去分校向自己的学生道别。

"老师，新来的女老师呢？"

"不知道呢，你们就会遇到她了吧。"

"新来的女老师是什么样的？"

"还不知道啊。"

"又是刚出女校的学生吗？"

"我真的不知道呀。不过，你们不可以捣蛋喔。"

小林老师说着，脸上露出了笑容。她来的第一年曾在这条路上被学生搞得不知所措，甚至在学生面前不争气地流过几滴眼泪。惹哭她的学生已经不在这些孩子当中了，他们是眼前这些孩子的哥哥或姐姐。到校本部上学的学生从传说中得知，女老师大致上会因"涉世不深"或"不适应环境"这两种情况哭过。而对于相处了四年的小林老师之后的新老师，孩子们的好奇心更加难以抑制。和小林老师道别后，他们一面期待新老师的身影在前方出现，一边拟订作战计划。

"要不要朝她大叫'薯女'啊？"

"如果她不是'薯女'该怎么办？"

"我想她一定是的啦！"

挂在孩子们嘴边的"薯女"是什么意思呢？由于这个地方盛产番薯，而女子学校位于番薯田中央，因而有人想出这个恶作剧的称号。小林老师也是他们所谓的"薯女"。新来的女老师肯定也不例外吧。他们擅自认定女老师该来了，每过一个弯，孩子们便朝前方张望。但年轻的"薯女"老师始终没出现，孩子们便踏上宽敞县道了。就在那一刻，他们才将女老师的事情抛诸脑后，开始小跑起来。因为他们每天都看的县道旁旅馆玄关的大时钟比以往快了十分钟。其实不是时钟变快了，而是他们和小林老师交谈耽搁了时间。他们不停地奔跑，摇得背上或腋下的笔盒哗啦作响，脚下的路面扬起了灰尘。

这天回家时，从县道转向通往海岬的道路时，他们才又想起女老师这件事。不过从他们对面走来的依旧是小林老师。她穿着长袖和服，长袖随着双手奇妙地摆动着。

"老师。"

"女老师。"

女学生都跑过去了。老师的笑脸逐渐清晰了，大家才知道老师双手戴了扎袖带，从远处看不清楚，就像用手势招呼大家过去似的，大家都笑了。现在，老师摆动着双手，等着大家走近。

"老师，新的女老师来了吗？"

“来了，怎么了？”

“她还在学校？”

“呀，你问这个啊。她今天是坐船来学校的。”

“嗯，那她又搭船回去了？”

“是啊，本来她邀我跟她一起搭船，但我想再看一眼大家，就没有和她一同搭船。”

“哇！”

女孩子们开心地欢呼着，男孩子们笑眯眯地看着她们。紧接着有人问：

“新老师怎么样呢？”

“是一位很好的老师，很可爱。”

小林老师笑了，像是突然想起了什么。

“是‘薯女’吗？”

“不是，不是，她是一位很优秀的女老师哦。”

“但她是新手吧？”

小林老师突然沉下脸来。

“为什么要这么说呢？她又不是你们的老师，哪个老师不是从新手开始的啊。你们又想惹哭她吗？就像当初惹哭我那样。”

听到老师的质问，有的学生觉得自己被看穿了，便把视线转向别处。小林老师刚开始到分校教书时，学生们故意排成一列，一会儿对她点头行礼，一会儿又对她大喊“薯女”，或者一直盯着她看，看得她身上都要穿出一个洞了，然后又对着她笑，用各种方法捉弄新老师。然而，三年半后，不论学生们使什么招数都难不倒老师了，反而是女老师会主动去开学生的玩笑。大概是这条路长达五公里，不做点什么会很难熬吧。又有个学生瞅准时机问：

"新来的女老师叫什么名字？"

"大石老师，不过她个头不高。我虽然叫小林，但身材还是很高挑儿的，但她真的很娇小哦，只到我肩膀。"

"哇！"

小林老师听到孩子们开怀的笑声，便又露出严厉的目光。

"但是她比我优秀，不是我这种半吊子老师哦。"

"喔。所以她才搭船上班吗？"

对于这个抓住了重要问题的提问，老师露出了我早就知道原因的表情。

"只有今天搭船喔，明天就会跟大家碰面了。不过新来的老师是不会哭的喔，因为我已经先跟她说清楚了：在往返学校的途中会遇到校本部学生，如果他们恶作剧，就当作猴子在玩就好了。如果他们说嘲弄你的话，请当作乌鸦在叫。"

"哇。"

"哇。"

孩子们都笑了。小林老师也一起笑了起来，然后她和大家一一告别。孩子们目送离开的小林老师，在她的背影消失在下一个转角处之前，他们七嘴八舌地喊开了：

"老师！"

"再见！"

"新娘子！"

"再见！"

小林老师是因为结婚才离开的，这件事大家都已经知道了。老师最后一次回头向大家挥手，当她的身影消失后，大家心中只剩下古怪的悲伤，一天的疲惫也涌了上来，缓缓地迈着沉重的步子。回到村里时，他们发现那里已经热闹非凡。

"新来的女老师穿着洋装呢！"

"听说新来的女老师不是'薯女'。"

"听说新来的女老师个子很矮。"

第二天，学生们拟订了作战计划，他们要吓唬一下这个"非薯女"毕业的小个子老师。

嘀嘀咕咕　嘀嘀咕咕

嘀嘀咕咕　嘀嘀咕咕

一路上，他们一边走，一边窃窃私语，突然间大家愣住了。他们刚好也走到了一个很不好的位置，在视野极差的转角附近看见了一辆自行车。在这条路上，自行车是很少见的，它像飞鸟般逼近学生们，紧接着一名穿洋装的女子冲着他们莞尔一笑。"早上好！"然后就像风一样向前驶去了。

不管怎么说，她肯定就是女老师，不会错的。他们原本以为她会走路来上班，没想到是骑自行车。他们还是第一次遇见骑自行车的女老师，穿洋装的女老师也是第一次见，第一天见面就道"早上好"的女老师，他们也是第一次碰到。所有人都愣了好一阵子，站在那里目送女老师的背影远去。学生们彻底被击败了。他们心想：看来她跟以往新任女老师不同，小小的恶作剧是不会把她惹哭的。

"太夸张啦。"

"一个女老师，骑什么自行车。"

"有点招摇呢。"

男孩子们提出这类批评，但女孩子也有不太一样的观点，她们也开始热议起来。

"哎，也许摩登女孩就是她那样的。"

"不过，摩登女孩不会像男生一样，把头发剪到这么短吧。"

说话的女生以两根手指做剪刀状，在耳后头发上比画着。

"女老师明明束着长发呀。"

"不过，她穿着洋装嘛。"

"说不定她们家是开自行车店呢，所以才会有那么漂亮的自行车，车子亮晶晶的呢。"

"要是我们也能骑自行车，在这条路上飞快地骑过去，那该多带劲。"

跟自行车比速度他们是绝对赢不了的。学生们仿佛挨了一记过肩摔，全都泄了气。一定得想个方法让她大吃一惊。同学们每个人都绞尽脑汁，可是他们都走出海岬路了，也没想出办法。这一天，旅馆柱子上的时钟也如实反映了学生们的步行速度，他们比平常慢了八分钟。仿佛有人给出了信号似的，大家背上和腋下的笔盒同时摇得哗啦响，草鞋扬起一路尘土。

差不多在同一时间，海角村也骚动起来。村里的主妇们得知昨天女老师搭船而来，又在无人知晓的情况下搭船离开，因此今天都想要见见这位穿洋装的女老师，看看她走路是什么表情，今天会不会穿洋装。杂货店的老板娘尤其热心，杂货店有着"村落关口"之称，老板娘早上一起床就注视着马路的方向，仿佛在说：凡是来海角村的人，我比任何人都有权利先看到。最近一直没下雨，她想给干燥的马路上洒上水，也算是迎接新老师的心意吧。她提着水桶出门，发现对面有辆自行车"嗖"地驰来，她内心一惊。

"早上好。"

一名女人和蔼地向她点头打招呼。

"早上好。"

老板娘应道。此刻她才明白来者是谁，但自行车早已经通过下坡路段了。杂货店老板娘慌忙地跑进隔壁工匠家，对着井边浸泡衣物的太太大喊。

"哎，刚刚有个穿洋装的女人骑自行车从我门前过去了，那会是新来的女老师吗？"

"穿白衬衫，还有男人穿的那种黑色外套？"

"嗯，没错。"

"骑着很大一辆自行车吗？"

昨天才带着长女松江到学校参加入学典礼的工匠太太忘了手中衣物，惊讶地说。

杂货店的老板娘露出了我果然没想错的神情，得意地说："社会真的变了呢，女老师竟然骑自行车，会不会被人当成男人婆呢？"

杂货店老板娘虽然嘴上这么说，但其实心里早已认定女老师就是男人婆了，看她的眼神就知道。从杂货店前骑自行车到学校要二十三分钟，但关于女老师的传言像风刮过一样，十五分钟便传遍了全村。学校里也骚动起来，五十几名学生围着教师休息室旁停放的自行车，叽叽喳喳地议论个不停，简直像麻雀在吵架。然而当女老师走近，向他们搭话时，他们又像麻雀一样一哄而散。她无可奈何地回到办公室，结果那名男老师一言不发，态度冷淡，在桌上的文件架的阴影中低着头，似乎在读什么文件，仿佛在说：请不要跟我说话，我不方便。虽然她昨天和小林老师交接时，沟通完了授课内容，目前没什么重要的事情需要咨询，但他这样做，也未免太冷淡了吧。女老师有所不满，但男老师也有自己的苦衷。

"我该怎么办？"这位从女子师范学校毕业的教师干劲十足，跟"薯女"毕业的半吊子老师十分不同。"她个子不高，但头脑灵活。我跟她谈得来吗？昨天她穿着一身洋装来，让我以为她是个洋味十足的小姐，没想到今天骑自行车来。我该怎么办？他们这次为什么要派这么一个一流的女老师过来？校长是怎么了？"

这些想法使他心情沉重。他是一个农民的儿子，花了十年时间准备教师执照考试。四五年前，他终于通过考试，成为一名正式老师，与其说他天赋异禀，不如说勤奋。他总是穿着木屐和招牌西装，西装肩膀的部位已褪色，变成了羊羹色。他没有孩子，与上了年纪的夫人过着节俭的生活，只以攒钱为乐。他是如此与众不同，以至于他接受了别人不愿意接受的任务，并高兴地来到这个孤立的海角村，因为在那里他不需要社交。他只会在需要前往校本部时穿上皮鞋，自行车他根本没有碰过。不过，他在村子里很受欢迎，村民总是给他送鱼或蔬菜。他也和这里的村民穿一样的衣服、吃相同的东西、说着村里人的方言。新任女老师的洋装和自行车让这位男老师感到很不自在。

不过，女老师并不知道这些。前任教师小林老师提过，去校本部的同学会恶作剧，但关于男老师，她只耳语了一句："一个怪人，别太在意喔。"不过女老师觉得，与其说他怪，倒不如说他欺负人。才上两天班，她就憋闷得不行，一不留神就会叹气。女老师叫大石久子，出生在湖泊般的海湾另一侧的村子，村内有一棵直耸云霄的大松树。从海角村望去，那棵大松树小得就跟盆栽一样。不过，在大松树旁的家中，一位母亲正在为女儿的工作担心。一想到这里，大石老师不由得挺起了胸膛，深吸一口气，从心底里呼唤"妈妈"！

校本部的校长是大石老师亡父的朋友，不久前校长对她说：

"海岬很远，你去那上班很辛苦，不过请你忍耐一年，一年后就把你调回校本部。先到分校体验一下也好。"

大石老师是带着忍耐一年的想法来分校的。往返的路实在太远，校长建议她住校，不过她想跟母亲一起住。因为她读女学校师范科时已经和母亲分离两年，所以大石老师决定要每天骑八公里的自行车上下班。她认识自行车店的女儿，便通过这层关系购入了车子，一共花掉她五个月的月薪。因为她没有上班的衣服，只好将母亲的哔叽布衣染黑并重新缝制，尽管她手艺不精。不了解内情的人会觉得她过着洋派生活，骑自行车上下班，活像个男人婆。毕竟此时已是昭和三年，虽然已举行普选，但偏僻村庄里的人觉得选举事不关己。崭新的自行车闪闪发亮，手缝的黑色洋装整洁干净，白色上衣纯白无瑕，因此海角村的人们才认为她奢华，活像个男人婆，是个不好相处的女子。大石老师也无法接纳这里的一切，才第二天上班，她感觉就像到了语言不通的国外，惶恐不安，老是望着自家所在的大松树那个地方出神。

"嗒、嗒、嗒……"通知上课的板木声响彻校园，把大石老师从沉思中惊醒。那个踮着脚尖敲着黑板的男孩，昨天被选为四年级级长，他是全校个子最高的。当她走进操场时，大石老师注意到一年级学生们正陷入一种奇特的、沉默的混乱之中。他们心里既感到自豪，又感到一种焦虑，因为今天是他们第一次离开父母，独自来到学校。三、四年级学生很快就进入教室了，在他们之后，大石老师先是拍了几下手，接着配合节奏踏步，倒退着领着孩子们进了教室。从就任到现在，总算又找回了自己步调，她开始感到自信和放松了。当他们坐下后，她拿着点名簿走下讲台。"现在，"她说，"当叫到你的名字时，请大声回答。冈田矶吉同学！"因为座位是按照身高顺序排列的，所以冈田矶吉这个小男孩坐在第一排。他不仅因为自己的名字被先叫而感到尴尬，而且还因为生平第一次被称为"同学"而感到惊讶，喉咙紧缩而无法回答。

"冈田矶吉同学，不在吗？"

大石老师扫视全班，于是坐在教室最后一排、身形比其他人大一圈的男孩子，以大得吓人的嗓门回答了。

"在啊。"

"那你要答'到'，冈田矶吉同学。"大石老师看着回答的孩子，朝他的座位走去。二年级的学生们爆发出一阵笑声。真正的冈田矶吉尴尬地站在那里，不知如何是好。

"松鸡，回答啊。"

一名二年级女生低声催促道。两人长得很相像，似乎是姐弟俩。

"大家都叫他松鸡吗？"

老师问道。同学们一齐点头。

"这样啊，那就是绰号'松鸡'的矶吉同学了。"

如雷的笑声在教室里再度响起，大石老师也跟着笑了，并用铅笔在点名簿上写下这个绰号。

"下一位是竹下竹一同学。"

"到！"这是一个看上去很聪明的男孩。

"好，好！这个回答很响亮！接下来是德田吉次同学。"

就在德田吉次稍喘口气的时候，刚才叫到冈田矶吉时回答说"在"的那个孩子趁机大喊道：

"吉精！"

大家又笑了，使这个名叫相泽仁太的孩子越发兴奋起来，接下来叫到森冈正的时候，他又喊道："丸子！"轮到他自己的时候，他更加大声地回答："到！"

老师微笑着，带着几分责备的语气说道："相泽仁太同学，你太多嘴了，并且你说话的声音也太大了。从现在开始，当我叫到某人的名字时，我希望他能自己回答。川本松江同学。"

"到。"

"大家都怎么叫你？"

"小松。"

"我明白了。你父亲是木匠吗？"松江点了点头。

"西口美沙子同学。"

"到！"

"大家都叫你美佐吧？"

西口美沙子小声说："他们叫我小美。"

"哟，好可爱的名字啊。香川增之同学。"

"倒！"

大石老师差点儿笑出来，但又忍住了，平静地说：

"'倒'的发音不正确，要说'到'，增之同学！"

这时，爱插嘴的仁太又说："她叫小增。"

老师不再理会他，只是一个又一个地念着学生的名字。

"木下富士子！"

"到！"

"山石早苗！"

"到！"

每次听到学生的回答，大石老师都会对孩子微笑。

"加部小鹤！"

突然大家都吵起来了。起初大石老师很惊讶，不知道发生了什么事，但当她明白他们在说什么时，才发现加部小鹤的回答比香川增之的"倒"更好笑，她也跟着笑了起来。

他们不断地说着："壁小鹤，壁小鹤，用头蹭墙的小鹤！"

小鹤看上去是个不肯屈服的女孩，她没有哭，而是红着脸，低着头坐在座位上。等到喧闹声安静下来，大石老师叫到了片桐琴江的名字，四十五分钟的上课时间已经到了。

那天放学前，大石老师大概知道加部小鹤是丁零店（腰带上系着铃铛，做各种差事）老板的女儿；木下富士子是世家之女；回答"倒"的香川增之是镇上一家餐馆老板的女儿；冈田矶吉家是开豆腐店的；森冈正家是开渔具店的——这些情况都记在了老师的心上。

虽然孩子们的父亲开"豆腐店""米店""渔具店"，但他们都不能靠各自的生意谋生，因此，闲暇之余，他们还需要种田打鱼。从这一点来说，这个村子和大石老师的村子是一样的，那是一个大家都必须干农活的村庄，没有一分钟的闲暇。但看他们的表情就知道，他们谁都不讨厌劳动。

这些从今天开始学习一位数的孩子们，一回到家就要去看孩子，帮家人剥麦子，或者出去帮忙撒网。大石老师知道，劳动是这个贫穷村庄的孩子们唯一的生活目的，但当她想到该怎么与他们相处时，遥望大松树村的伤感就只能变成一种羞愧了。刚刚结束了第一次的教学经历，她想起了那天第一次尝到集体生活的十二个一年级学生。她清楚地看到他们的眼睛，每一双都闪烁着自己的个性。

"我永远不会让那些眼睛的幻想破灭。"她告诉自己。

那天下午，当大石老师骑了八公里的路离开海角村时，她的兴高采烈让村民们觉得她比早上更加轻佻。

"再见！"

"再见！"

"再见！"她向路过的每个人打招呼，但根本没有多少人回应。即使有，也只是点了点头。这也难怪，她已经是村里的众矢之的了。

"我听说，她甚至把孩子们的绰号都记在了名册上。"

"他们说，她说西口美沙子很可爱。"

"已经很关照她了，不是吗？也许西口家给她送了礼物或者其他什么东西讨好她。"

大石老师完全不知道发生了什么，轻快地骑着自行车，来到了村边的斜坡上。然后，她向前倾了一点，双脚不断用力地踩着踏板，想尽快向母亲分享自己的感受。这条坡道很和缓，在上面行走并不会有什么特别的感觉，来学校的时候可以舒畅地往下滑，但回程就很费力了。不过她此刻的心情十分明朗，面对坡道带来的负荷甚至还想：幸好是回家，谢天谢地。

当她到达坡顶时，她看到了早上遇到的那群学生。

"大石！小石！"

"大石！小石！"

随着自行车的靠近，叫喊声也越来越大。起初，她无法理解。但当她明白这是叫她自己时，不由自主地笑了起来，因为她意识到这是她的绰号。她故意大声按响车铃，与他们擦肩而过时喊道：

"再见！"

他们欢呼雀跃，不停地叫着"大石！小石！"直到声音越来越小。于是，除了女老师，她今天又得到了一个新绰号——小石老师。她想这跟她身材娇小有关系吧。

新自行车在夕照下闪闪发亮，而小石老师的身影在海岬的道路上飞驰。

二　魔法之桥

从细长的海岬底到尖端的距离大概是四公里，海岬中央有个小小的村庄。一条白色道路沿海湾延伸，在抵达村庄时横越海岬，继续沿着外海延伸，直通大石老师任职学校的海角村。她差不多每天都在骑到外海沿岸道路时，和走往校本部的学生碰个正着。如果碰面地点改变，一定会有某一方陷入慌乱。

"哇，小石老师来了。"

大多时候是学生们急忙加快脚步，偶尔才轮到大石老师在外海沿岸道路上发现学生的踪影，便更使劲地踩自行车的踏板。在这种情况下，学生们是多么高兴啊！他们会嘲笑她，因为她骑车经过时脸上闪着光。他们会红着脸开起大石老师的玩笑。

"喂，老师还迟到啊。"

"要扣你薪水喔。"

甚至还有人在她来的路上做一些淘气的事情。这类事情日积月累，终于有一天，在经历了一连串的恶作剧之后，她回家后向母亲抱怨。

"你能想象他们这么小的孩子就会喊要扣老师薪水吗？他们

对金钱之类的东西太感兴趣了，是不是很讨厌？"

她的母亲笑着说："别傻了。你不应该在意这种事啊。反正就一年。忍耐一下，忍耐。"

其实，大石老师并不需要母亲的鼓励，因为她并没有受到太大的伤害。习惯在晨间骑行后，她开始享受清晨八公里的自行车骑行，这令她很开心。在穿越海角的时候，她就会加速骑行，让自行车跑得更快，不知不觉中她已经和孩子们赛跑了。当然，学生的内心不可能觉察不到这是暗地里比赛，为了不输给老师，他们走路的速度也变快了。就像玩跷跷板，一下高过对方，一下又被比了下去。

第一学期结束后的某天，男老师因为有事前去了校本部一趟，结果得知一件喜事。在过去的一个学期里，海角村的学生们没有一个迟到过。大家都知道，单程走五公里路上学并不容易，因此这些孩子经常是因为没有准时到校而被原谅。但如果相反，他们没有迟到过一次，那当然值得表扬，而且一定要视为一件大事。男老师以为那是自己的功劳，他开心地想："我今年的一名学生非常优秀。"

五年级学生当中，有个女孩子在与总校所有学生的竞争中都表现出色。男老师的意思是说，因为有这个女孩子在，从海岬过来上学的三十几个男女学生才没迟到。其实真正的功劳应该要归功于女老师的自行车。不过女老师自己也没有察觉，相反，她经常被海角村孩子们的勤奋所感动，并认为她应该容忍他们的恶作剧。同时，她也暗自赞美自己的勤奋。"我自己只迟到过一次，当时我的自行车在路上爆胎了，我可是得骑八公里呢。"

她想着诸如此类的事，接着会望向窗外，想着一直给她那么多鼓励的妈妈。平静的海湾在阳光下闪闪发光，很有夏天的味道。而她母亲所在的大松树村在夏日的白云下显得十分朦胧。海风从大开的窗户吹进来，让她浑身充满了对再过两天就要放暑假的美好期待。但她还是对村民们不向她敞开心扉感到有些不快。她向男老师诉苦，结果他张大了嘴巴，露出了缺失的后牙，笑着说：

"这也难怪啊。你看，无论你多么频繁地去他们家，都交不到朋友。只要你穿洋装，骑自行车，人们就会感觉很尴尬，因为你有点太现代了。毕竟这是个偏远的小村子。"

女老师吃了一惊，满脸通红地陷入沉思。

"他的意思是，我应该穿着和服步行去学校吗？到这里要往返十六公里的路呀……"

暑假期间，她也在考虑要不要像男老师说的那样做，但还没来得及改变主意，第二个学期就到了。虽然日历上写的是九月，但经过漫长的暑假，她还是害怕炎热的天气。女老师瘦小的身体又瘦了些，脸色有些苍白。

新学期的第一天早上，她出门的时候，妈妈说道："一年已经过去三分之一了，耐心一点，再忍一下就过去了。"

说完这些鼓励的话，她帮女儿把自行车拿出来。大石老师虽然是老师，但也是普通人，有时她像个被宠坏的孩子一样对母亲说话。

"哦——耐心一点，耐心一点。麻烦！"她反驳道。

然后她飞快地骑上自行车出发了，似乎很生气。数周以来，第一次快速骑行，她浑身充满了愉悦的感觉。但一想到从今天起又要骑自行车去学校，她就郁闷了。放假期间，她曾多次和妈妈谈过这件事。她曾讨论过在海角村租一个房子的可能性。但最终还是决定继续骑自行车。

早上骑行还算愉快，但下午骑回家时，路面反射着灼热的空气，夕阳照在背上，让人疲惫不堪，有时呼吸都很困难。她心里想，海角村就在她眼前，自己却要日复一日地费尽精力绕着海湾往返，这不是很让人懊恼吗？更糟糕的是，海角村的人不喜欢她骑自行车！

"该死！"她虽然没有明说，但脚下却不知不觉地用力了。在她的右边，是平时难得起浪的内海，于是逆风朝海角方向骑去。在海角的一角，她突然想到，按照日历，今天是台风季节的第一天。

刚想到这里，她感觉风异常猛烈地吹在她的脸颊上，空气中充满了大海的味道。海岬上的山头似乎在微微晃动，这让她意识到大海的波涛有多么汹涌。她心里有些着急，因为说不定在她到达学校之前，不得不推着自行车前行。那样的话，自行车就成了负担。她告诉自己，无论如何，也不能现在就下车呀。想着想着，她的幻想开始像长了翅膀的鸟般在脑中盘旋。

"……风啊，停下来吧！我像阿里巴巴那样下令，大风转眼间消失了力量，海面突然变得难以置信的平静，平静得像清晨的湖面一样。大桥啊，架起来吧！我'倏'地朝前方伸出食指，海上立刻变出了一座桥，绮丽如虹的宏伟大桥，只有我能看见并跨过它。我得慢慢骑，因为万一骑快了，掉进水里就惨了。就这样，我慢慢越过七色拱桥，但还是比平常早了四十五分钟抵达了海角村。"

"呀，这下不得了了。当村民们看到我时，他们都感到十分惊讶，他们急忙把时钟拨快四十五分钟。看到孩子们惊慌失措，我感到很难过，他们匆忙吞下早餐，还没吃完就冲出家门。"

"当我到达学校时，男老师才刚刚起床。他惊讶地跑到井边开始洗脸，他上了年纪的太太没空换掉睡衣，对着炭炉猛扇风，单手按住衣领，露出羞涩的笑容，还悄悄抹了一下自己的眼角和嘴角。太太的眼睛不好，早上起来时总是有很多眼屎……"

只有这部分符合现实，因此她忍不住笑了出来，幻想如雾气般消散了。就在这时，平日已听惯的喊声穿破风声的阻碍，从前方传来。

"小石老师。"

一个月来，她又一次听到了熟悉的呼唤，她突然感觉体内涌出了力量。她应了一声，不过风声似乎将她的应答推向了身后。她料想得没错，外海那侧波涛汹涌，看起来就像台风来了一样。

"今天好晚啊，搞不好要迟到四十五分钟了。"

孩子们原本停下了脚步，仿佛在怀念上学期的时光，也似乎有话想说，但听到老师那么说，便使出浑身力气跑了起来。老师也更加使劲地蹬车，逆风而行。飘忽不定的气旋不时吹来，将她逼下车好几次。真是的，看来她真的要迟到四十五分钟左右了。

她家所在的海对面的村庄和村中那棵大松树，由于始终受到海角的保护，因此通常不会受到台风的影响。相反，细长的海角村靠外海那侧总是会蒙受相当大的损害。路上遍布断裂的小树枝，自行车困难重重地前进着，推着自行车走的时间也许比骑车还多。抵达村庄的时间真的比平常晚很多，当她可以看到整个村庄的时候，不由自主地停了下来，惊呼道：

"天啊！"

村子的尽头有一个小码头。码头附近，一艘渔船倒立着，船底像鲸鱼的背。还有几艘显然无法驶入码头的船只被抛在外面。道路上满是被海浪冲上岸的碎石，自行车根本无法通过。这个村庄看起来就像一个完全陌生的地方。

海滩沿岸房屋屋顶的瓷砖都被刮落了，人们正在屋顶修复。没人有闲工夫向老师打招呼，老师也不断推车闪避海水打上岸的石头，好不容易才到达学校。

一进校门，一年级的学生们纷纷跑过来，把她团团围住，每个人的目光都炯炯有神。他们很兴奋，就好像是在为前一天晚上袭击他们的暴风雨而感到高兴。大家都以高八度的音调七嘴八舌地对老师说话，这时香川增之稍微靠前一点，声音格外响亮，似乎只有他一个人适合报告。

"老师，矶吉家垮了，压得扁扁的，像是被打烂的螃蟹。"

这时，老师惊恐地睁大了眼睛，脸色有些苍白，惊呼道：

"哎呀，矶吉同学，你家有人受伤吗？"

绰号松鸡的冈田矶吉环顾四周，点了点头，看起来有些惊魂未定。

"我家的井杆裂了，井边的大罐子也裂开了。"还是增之在说。

"真严重呢。其他人家的情况怎么样？"

"杂货店叔叔往屋顶装围栏，结果不小心从屋顶上掉了下来。"

"哎呀。"

"小美家的遮雨板都飞了，对吧小美？"不知不觉中，只剩增之一个人在说话了。

"其他人如何？都没事吧？"

她的目光与害羞的女孩山石早苗四目相对，内向的早苗便面红耳赤地点了点头。增之拉了拉老师的裙子，要她把注意力放回自己身上。

"老师，老师，别管那些了，现在村里还有一个大事件，竹一家的米店遭小偷了，对吧竹一？小偷偷走了一袋米。"

增之希望竹一附和一下，竹一点头表示她说得没错。

"我们太大意了，根本没想到在这样一个风雨交加的夜晚会有小偷来。但是今天早上，我们起床后发现谷仓的门是开着的。我爸说米搞不好会漏出来，一路延续到小偷家里去，但怎么找都找不到那个痕迹。"

"哎呀，发生了很多事呢！你们等我一下，我去停自行车，回来之后再说吧。"

老师一如往常地走向教师休息室，突然感觉到一缕平常没有的光亮，停下脚步后一看，又吓了她一跳。原来水井的屋顶刮飞了，熟悉的铁皮屋顶化为一片空白，白云飘浮在那空白之中。绑着头巾的男老师似乎很忙，他对她说话的语气异常亲切：

"你好吗？昨晚的暴风雨真是非常猛烈呢。"

绑着束袖带的太太也出来了，她取下头上绑着的手巾，向久违的女老师打招呼。

"大松树刮断了吧？"

"咦，真的吗？"

老师吓得差点跳起来，望向自己的村子。大松树在原位好端端的，但模样有些不一样。大松树村的暴风并不算特别猛烈，但大松树已经上了年纪，部分枝干遭风吹断。

老师心想：话说回来，还真是有点丢脸。海湾周围的村落自古便以著名的老松为地标，如今它遭了难了，与它生活在同一村落的自己却不知情。更糟糕的是，她这天一大早就如此无礼，幻想着在松树和海角之间架起一座神奇的桥梁，一挥手就可以让海面平静下来。而且，她还让所有村民都闹得沸沸扬扬，以至于他们把时钟拨快了四十五分钟。而现在，来到这里后，她发现这个村庄正处于更加动荡的状态。

男老师没有像她的白日梦中那样匆忙洗脸，而是赤着脚干活。他的妻子早已点好了炭炉，挽起袖子忙碌着。

"哦，第二学期的第一天一开始就完全错了！"女老师暗自想到。她遗憾地记得，当她离开家时，她对母亲是多么的闷闷不乐。当第三节课到来时，她决定不上预定的音乐课，而是带学生出去问候那些遭遇不幸的家庭。

她首先拜访了距离学校最近的西口美沙子的家，并向她的家人表示了慰问。大家异口同声说矶吉家的房子已被夷为平地，他们家灾情最严重，因此师生们接着便朝灶王庙那边的矶吉家前进了。

老师想起增之早上说的"压得扁扁的，像是被打烂的螃蟹"，认为这是从大人那里学来的说法，却因此有了栩栩如生的想象。不过在邻居的帮助下，他们已经整理得差不多了，与主房屋分离的豆腐仓库仍然矗立着。矶吉的家人把垫子搬到了那里，直接放在泥地上，并将家庭用品放在上面。

大石老师非常同情，一时找不到话可说，脑海中想象着从今晚开始，矶吉一家七口都要睡在那里。"哎呀，是女老师呢，连老师都来帮忙啦。那么请你让这些学生帮忙把马路上的石头扔到海边去吧。若不是工匠，来这是帮不上忙的。"

周围的人都笑了起来，似乎是想取笑她。她突然有些不好意思，发现自己在他们面前看起来是多么的悠闲。不过来都来了，还是要向矶吉的家人表达慰问才行，毕竟她就是为了这个才来的。然而，没有人理睬她。她无计可施，准备离开。为了掩饰心中的羞耻感，她跟孩子们商量一件事。

"嘿，我们大家一起来捡这条路上的石头吧。"

"嗯，嗯。"

"干活啦，干活啦。"

孩子们无比雀跃，像蜘蛛的孩子那般散开。暴雨过后的暑热带着清爽，村内的每个角落都看得一清二楚。

"使劲儿！"

"该死的石头！"

大家各尽其力，捡起石头，滚到距离路边两米之下的海滩上。道路上布满了石头，就像岩石海岸一样。有些石头太大了，需要两个孩子才能搬动。遍布石子的马路简直像是石滩。现在大海很平静，昨晚可是越过了高耸的海边石墙，将这么大的石头打上来，汹涌无比，让人惊叹大自然的可怕力量。

那一夜，海角村一定是一片混乱，海浪卷起石头，风把房屋吹倒。海角村度过了混乱的一夜。经历同样的风暴，海岬的内侧与外侧竟有如此大的差别。老师边想边将怀中石头扔向海滩。她问一名三年级男孩，他正在熟练地踢掉路上的石头。

"暴风雨后，通常都是这个样子的吗？"

"是的。"

"那你每次都会清理石头吗？"

"是的。"

就在这时，香川增之的母亲走过来说：

"哦，大石老师，您辛苦啦！你最好不要想着今天把石头清理了，因为还会有更多的暴风雨到来。"

增之的母亲在本村那里的餐馆和旅店工作，暴风雨后想来看看孩子所在的海角村的情况，便一早回到了海角村。增之跑了过来，紧紧地抱住母亲的腰。

"妈妈，我昨晚很害怕。我听到很大的声音，我就抱住床上的奶奶。今天早上我们发现井杆分成两半。罐子也破了。"

增之正在向母亲重复她今天早上跟老师所说的话。增之的妈妈每听一句就点一次头，同时脸半向着老师说：

"听人们说船被毁了，屋顶塌陷了，并且有些房子的墙已经倒塌，人们都可以从外面看到屋里面。我非常害怕，所以就回来看看。不过很庆幸，我家只是断了一根井杆。"

增之妈妈说完后，大石老师问：

"增之，谁家的墙倒塌了？"

增之露出得意的表情，竟然连怀中石头都忘记要丢了。

"老师，是仁太家喔。墙壁倒了，壁橱湿透了。我去看过，从大街上就可以看到他们房子的内部，老奶奶在壁橱里像这样看着天花板。"

说着，她皱起脸模仿起老奶奶来，

"壁橱啊，哎呀。"

老师忍不住扑哧笑了出来。学生们不知道老师为何笑成那样，但增之觉得像是自己取悦了老师，便露出愉快的表情。

不知不觉间，一行人已来到杂货店。杂货店老板娘激动地跑了过来，站到老师面前，气喘吁吁的，肩膀起伏着，似乎还无法立刻说话。老师一下子收起笑容，鞠躬说：

"哎呀，真不好意思。暴风雨带来这么严重的灾害，真是辛苦你们了。我今天带着孩子们在帮忙清理石子。"

然而，老板娘仿佛根本没听见女老师的话：

"女老师，你刚刚在笑什么？有什么事情那么好笑？"

"……"

"别人受灾是那么好笑的事吗？我家男人从屋顶上掉下来，你一定也会觉得很好笑吧？但他跌得不够狠，并没有受重伤。要是受重伤，又会更好笑吧？"

"不好意思，我完全没有那个意思……"

"不是那个意思才怪，不然你看到别人大难临头为什么还笑得出来？我才不要只会做表面功夫的人来帮我清理石头，总之你别管我家前面……她这么做只是为了能骑自行车，蠢到了极点。如果是那样，那她最好自己做……"

接着她就像自言自语似的叨念个不停，然后生气地走开了，抛下惊讶得说不出话来的女老师。老板娘又故意对隔壁木匠川本的妻子大声说道：

"有的人还真夸张呢。世上有哪个老师听到别人的灾难还笑得出来呢？就有这么一个钻进咱们村里来了。"

这件事肯定也会被夸大，很快就会传遍整个村子。大石老师在那里站了大约两分钟，她陷入了沉思。不过，当她看到周围的学生一脸担忧的样子时，她含着泪微笑着，勉强让自己的语气变得开朗起来：

"我们不干了，是我自己的错，我们去海边唱歌好不好？"

她转身带着孩子们走了。尽管她嘴角挂着微笑，但小孩子们太细心了，发现她的眼角落下了几滴泪水。

"老师在哭。"

"那个老太婆把她弄哭了。"

他们互相低声耳语了一会儿，然后就沉默了，只听到他们的凉鞋踩在地上的声音。大石老师本想转身微笑着说："我没有哭。"但她感到泪水又涌了出来，于是就沉默了。

她想，也许她在这样的日子里笑是错误的，但她并不是像老板娘所说的那样，是在笑别人的运气不好。相反，她一直在笑，首先是因为增之的那个动作太有趣了，其次是因为"壁橱"这个词让她想起了仁太在第一学期的一天所说的话。

"天皇陛下在哪里呢？"

好几个人举手表示：我知道，我知道。老师难得点名仁太回答这个问题。

"好，仁太同学。"

"天皇陛下在壁橱里。"

这出乎意料的回答让老师笑得眼泪都出来了。不仅是她，所有的孩子都笑了。他们的笑声在教室里响起，甚至传到了校外很远的地方。一些学生低声说"东京"或"皇宫"，但仁太似乎并不这么认为。

"为什么天皇陛下在壁橱里呢？"

笑声停下来后，大石老师问道。仁太不太自信地回答：

"我在想，会不会是藏在学校的壁橱里呢？"

老师明白了，仁太指的是天皇陛下的照片。学校没有奉安殿，因此校方将天皇的照片放在壁橱内保管。仁太家壁橱墙壁倒塌一事，让大石老师联想到这件事，而她每次一想到那些话都会发笑。

不过杂货店的老板娘并不给她解释的机会，此刻她只能带着孩子们静静朝海边走去。即使现在，当她哭泣时，那件事也显得很有趣。但还不足以赶走老板娘的话所带来的凄惨感。老师和学生们都不知道如何缓解这份沉重的心情，除了在海滩上唱歌。他们一到海滩，老师就开始用手打着节拍唱起来。

春天的早晨，螃蟹便在芦苇丛中，原来唱的是《慌张理发店》，大家围着老师，跟着唱起来。

"螃蟹芦苇丛中开个理发店

咔嚓咔嚓　咔嚓咔嚓

兔子进来剪头发，

咔嚓咔嚓　咔嚓咔嚓

螃蟹切掉了兔子的耳朵。

咔嚓咔嚓　咔嚓咔嚓"

在唱歌的时候，大家的心情渐渐地愉快起来。

"兔子发火了，

咔嚓咔嚓　咔嚓咔嚓

螃蟹跑到洞里躲起来。"

一想到螃蟹失败而慌张的模样，大石老师便觉得自己有了伙伴，不知不觉又能够发自内心地欢笑了。大家接着唱第一学期学会的歌曲，如《就是这条路》《啾啾千鸟》之类的，唱完《山的主人》后大家休息片刻，学生们大多在周围跑来跑去，只有五六个一年级学生静静地待在老师身边。他们当中的女孩很少打扮，她们的头发笨拙地扎在脑后，男孩们的原本剪得很短的头发也长得很长了，甚至都盖住耳朵了。村里没有理发店，所以学校里有理发器，帮男学生理发的工作则由男老师负责，头发盘成圆髻的女孩子则由女老师照料。必须给她们每个人涂水银软膏了，明天就赶快帮她们涂吧。想到这里，女老师起身说：

"好，今天就到这里了，我们回去吧。"

她起身拍了拍裙子下摆，脚往后一踩，瞬间发出一声惨叫。

她掉进了沙坑里。孩子们跟着她一起尖叫，有的笑着走近，有的高兴地拍手，有的呆呆地站在原地。在一片喧闹声中，大石老师没有试图站起来，而是侧身躺着，弯着腰，头发触着沙子。那些笑着或拍手的人都沉默了，因为看到老师闭着的眼睛里流下泪水，他们都意识到不对劲了。早苗看到老师紧闭的双眼流出泪水，突然间哭了起来。老师仿佛受到哭声的激励，好不容易才坐起身来说："没关系的。"她轻轻挪动陷入洞中的脚，接着松开鞋子纽扣，仿佛要摸什么恐怖物体似的触了右脚踝一下，立刻又侧躺回去，不再尝试起身。过了一会儿，她闭着眼说：

"谁去叫一下男老师。告诉他我的腿骨折了，走不了路了。"

这句话引起了大骚动，仿佛谁捅了一下蜂窝。年纪较大的孩子慌张地跑远后，女孩子们开始哇哇大哭。村里的人像听到火灾的警钟响起那样，夺门而出直奔此地。最先到达的是竹一的父亲，他走向趴在地上不说话的女老师，跪到沙地上问道：

"老师，你怎么了？"

但大石老师仍皱着眉头，似乎说不出话。孩子们说她脚受伤了，竹一的父亲才稍微安心了一点。

"你肯定扭伤了脚踝，让我看看。"他绕到脚那头去，试着脱掉鞋子，大石老师发出一声呻吟，表情更加痛苦。她的脚踝已经肿到几乎是正常尺寸的两倍，但没有出血。

"最好冷敷一下。"

竹一的父亲对聚集的人群说道。德田吉次的父亲听到他那么说，急忙解下腰间缠着的脏手巾，浸泡海水。

"是不是很痛？"男老师冲过来问她。

她没有回答，只是点点头。

"没办法走路了对吗？"

她又点了一次头。

"要不要站起来看看？"

大石老师没开口。西口美沙子的母亲从家中取来膏药，那是乌龙面和蛋搅拌而成的，抹在布上。

"我想骨头应该没断掉，但早日去看医生或推拿一下比较好吧。"

"推拿师找中町的草加比较好吧，他也会接骨。"

"桥本外科比草加好吧。"

众人七嘴八舌，不过不管女老师选择什么，海角村都没有外科医师或推拿师可求助。唯一确定的是，女老师无法走路。经过一番商量后，大家决定开船载她到中町去。他们借来渔夫森冈正家的船，由加部小鹤的父亲和竹一的哥哥操桨。男老师也跟去了，负责背女老师上船。每次被抱起来又躺下时，无论她如何努力克制，她都忍不住发出呻吟声。

船离岸了，女孩子们"哇"地哭了起来，哭声越来越高亢。

"老师！"

"女老师！"

他们中的一些人大声喊叫。大石老师一动也不敢动。她闭着眼睛，一声不吭，任这些呼唤送她离开。

"老师！"

当他们的声音越来越小时，船已经驶进了海湾深处。这天早上她才在海湾上架起了一座神奇的桥，现在她带着痛苦回来了。

三　五合米，豆一升

　　十天过去了，接着半个月过去了，女老师还是没有在学校出现。她的自行车停在教员室外靠墙的地方，上面落满了灰尘。有时人们会看到孩子们围在自行车周围，看上去很孤独。他们中的一些人认为大石老师永远不会回来了。她的缺席也让就读校本部的学生感到失望。直到那时，他们才意识到老师的自行车每天给他们带来了多大的鼓励，以及他们多么期待在漫长的路途中看见小石老师的身影。村民也一样。没人说该怎么做，但大家都暗自后悔，当初对待女老师的态度太不恰当了。为什么会这么说呢，因为大家对小石老师的评价突然变好了。

　　"我们从来没有遇到过像她这样的老师。孩子们从一开始就喜欢她。"

　　"她要是不早日康复就伤脑筋了，大家会说海角村的孩子害她跛脚。这样的话，我们很难找到新老师。"

　　"我希望她不会跛脚。这么年轻就跛脚的话就没有办法来学校了，那真是太糟糕了。"

　　大家会在女老师背后谈论这类话题。看得出来，他们真的很想让她回到海角村。如果她不回来，他们就真的有麻烦了。

直接受到波及的是男老师。海角村小学每个礼拜都会上一次音乐课，而男老师不知道这堂课该怎么办。女老师开始休假后，他最开始让学生们合唱以前学会的歌，也会让唱歌好的孩子独唱。就这样，一个月左右过去了。但是，由于他不能总是这样上音乐课，于是他决定学习演奏风琴。这确实是一项艰巨的工作，经常搞得他满头大汗。

他只会大声唱"111–2–3–3–3–，5–5–5–6–5……"而不是"Do–do–do–re–mi–mi–mi，sol–sol–sol–la–sol……"因为这是他以前学习唱歌的方式。

"3–3–3–3–2–2–2，11–2–3–1……"他继续唱道。

音乐课定于周六上午的第三节课。之所以这样安排，是因为唱歌可以让学生们开心，让他们在周末有一个愉快的心情。但是，突然之间，这堂课对孩子们和老师来说都失去了吸引力。对于男老师来说，情况更糟。每周的周四，他就会开始对周六第三节的音乐课感到不安，进而变得烦躁。他会把坏脾气发泄在学生身上，他会因为一个学生不认真听课而责骂他，或者因为另一个学生忘记带东西而让他站在教室后面。

"男老师这阵子总是在生气呢。"

"变得很讨厌呢，不知道他怎么了。"

当孩子们想知道发生了什么事时，男老师的太太却非常清楚。她心里很着急，想尽办法帮助丈夫。

一个星期五的晚上，她放下兼职做的麦秆真田绳，站在风琴旁鼓励他。

　　"我来当学生吧。"

　　"嗯，你当吧。"

　　摇曳的灯光照亮风琴与一对上了年纪的夫妇。若是小女孩看到这光景，恐怕会感到不寒而栗吧。暗影与光线交错之间，男老师和太太交替着唱歌。

　　"111–2–3–3–3–，5–5–5–6–5……"

　　风琴练到能配合太太独唱的地步时，夜色已深。村内所有的人都已经入睡了，整个村庄安静无比。太太生怕打扰了他们，熄灭了小油灯，摸索着回到自己的房间，叹了口气，小声对丈夫说道：

　　"女老师真是让你扛了一个重担呢。"

　　"嗯，不过现在她更辛苦吧。"

　　"是啊，你只是需要练风琴，她可是断了一条腿呀。"

　　"也许大石老师不会再回来了。她没有生气，但她的母亲非常生气。她说，'她是我唯一的孩子。我再也不会把她送到海角村了，那里的人太刻薄了'。"

　　"大概是吧。不过她不来是一回事，如果没有新老师代替她就伤脑筋了呢。"

　　她低声说着话，似乎不喜欢被别人听见，目光投向了海湾的另一边。大松树村似乎也安静地睡着了，远处有几盏灯光像星辰一样闪烁。她觉得，这么晚还这样辛苦熬夜的人，一定只剩他们两个了。她对女老师也很怨恨。

自从出事之后，男老师太太一直在学校帮忙，帮忙教四、五年级女生的裁缝课。不过缝抹布一点也不辛苦，学生们会在一小时内以缠手球似的细心程度进行缝纫，她只需要一个一个帮她们看成品就行了。

但音乐课不同，演奏风琴可不是一件容易的事。因为弹琴时，手部动作不会像缝纫时那么随心所欲。在太太看来，男老师拼了命想要弹好琴的学习态度简直可用庄严来形容了。明明是十月的天气，男老师却练得满头大汗。因为他担心琴声被外头听到，练习时总是关上教室窗户，结果热出了更多汗水。

作为一名老师，他应该会演奏风琴。但他只受过小学教育，完全靠努力取得教职的男老师最不擅长的就是演奏风琴了。他出生在乡下，每个学校都没有音乐老师，每个老师也都不教学生们体操和唱歌。他自己也不想教那些，这也是男老师自愿来到这偏僻海角村的原因之一。如今，他自己却坐在风琴前面汗流浃背，有时气得他想砸碎风琴。

不过今晚状况不同，妻子给他担任学生的角色，练到琴声与歌声合得起来的程度了。因此男老师的心情不错，他有点得意地对太太说：

"不过是风琴嘛，只要我努力，我就能学会弹风琴。"

太太也认真地点点头：

"那当然，那当然。"

明天就是大石老师开始休假后的第六堂音乐课了，男老师甚至对它满怀期待。

"我相信学生们一定会感到惊讶。"

"是啊，当他们看到你演奏风琴时，一定会对你刮目相看吧。"

"对啊，应该教他们一些严肃的歌曲。大石老师只会教些愚蠢的歌。什么《啾啾千鸟》和《咔嚓咔嚓　咔嚓咔嚓》，都是一些像盂兰盆舞的曲子，听起来软绵绵的。"

"不过，孩子们喜欢这些，唱得很开心呢。"

"是吗？这些歌曲可能适合女孩，但不适合男孩。现在我要教他们一首振奋大和魂的歌。毕竟，我们的学生不都是女孩。"

他在太太面前抬头挺胸，开始唱两人刚刚排练的歌曲。

"千曳之岩，不算重……"

"嘘，人家听到会以为你是神经病。"

男老师的太太吓了一跳，连忙挥手。

终于到了第二天，到了音乐课的时间。学生们慢慢地走进教室。他们的脚步很沉重，大概是因为他们以为自己又要被迫在没有风琴伴奏的情况下唱歌了。如果大石老师在，她会在礼拜六第二节课结束后留下来一个人弹琴，第三节课的板木一响起，她就会奏起进行曲来鼓舞学生们，不知不觉间，他们就迈着轻盈的步伐走进了教室。以前是多么有趣啊，尽管当时他们并没有完全意识到这一点。但现在他们已经没有了大石老师，他们心中自然而然地产生了一种不满。

"我会听的。你爱唱什么就唱什么。"

男老师连风琴都不看一眼，就让学生们唱。但孩子们发现没有风琴伴奏很难开始唱歌，即使他们这样唱了，也经常唱跑调。

但今天有点不同。当同学们进入教室时，男老师已坐在风琴前了。嗡嗡，他也按下几个琴键，算是要大家鞠躬的信号，尽管发出的音调跟女老师的不太一样。学生们的脸上都露出了惊叹之色。正如女老师通常所做的那样，男老师也在右边的黑板上写下了他们要学的歌曲的谱子，在左边的黑板上写下了歌词。

千曳之岩

千曳之岩

不像对国家的责任那么重

如果敌人来犯，

顶着枪林弹雨奋勇向前

为国尽忠

为国牺牲

显男儿爱国之丹心

汉字旁全标了假名。男老师从风琴前走到讲台上，所有的汉字旁边都有注音符号。男老师离开风琴，站上讲台。就像他对其他科目所做的那样，他拿起一根竹棍指着歌词解释这首歌的含义。这就像一堂道德课。他一遍又一遍地解释这首歌的深刻含义，但真正理解的人却很少。一年级学生先开始叽叽喳喳地交谈，然后是二年级学生的躁动和吵闹，一些三年级和四年级的学生开始窃窃私语。突然，传来一阵敲击声。老师用力地把他的棍子放在桌子上。喧嚣立刻止息，孩子们睁着圆溜溜的大眼睛看着男老师。男老师用严肃而又温柔的语气说道：

"大石老师大概会有一段时间不来学校，所以从现在开始，我将成为你们的音乐老师，我要你们记住我要教你们的歌曲。"

然后他走到风琴前，低着头坐在那里。他看起来好像很尴尬，开始以这种姿势唱起歌来。

"111–2–3–3–3、5–5–5–6–5，一起唱！"

学生们哈哈大笑，因为男老师按照老方法将"do、re、mi"唱成"1、2、3"。但是，不管他们怎么笑，男老师并没有自信用"do、re、mi"来唱歌。所以最后他从音阶开始，并继续以他自己的方式教他们。孩子们对这个结果非常满意。

"3–3–3–3–2–2–2、11–2–3–1、2–2–2–2–1–3–5、5–5–5–5–6–5–3……"

这种唱法简直像神经病。学生们很快就学会了这首歌的有趣唱法。没有人愿意配合男老师的意图唱那些气势磅礴的歌词，他们会唱成"5–5–5–5–6–5–3"。

几周后的一个星期六，孩子们在学校唱完同样古老的《千曳之岩》后走在回家的路上。这时一年级女生增之，用故作老成的口吻对走在身旁的早苗说悄悄话：

"我真的好讨厌男老师的音乐课，还是比较喜欢女老师的歌。"

话完她立刻开始唱女老师教的歌曲。

"一只山鸦给我带来了……"

早苗和小鹤也附和道：

"一个红红的小信封……"

这时凑在一块的，全是只上半天课的一年级女生。

"女老师什么时候才能来学校呢？"

增之望向大松树，受她影响，其他人的视线也都投向大松树所在的村落了。

"好想见见女老师呢。"

说话的人是小鹤。刚好路过的矶吉也跟着小鹤说：

"好想见见女老师呢。"

不知不觉间，他似乎也真的动了念，停下脚步和其他人一起望向大松树。

"听说女老师住院了。"

矶吉如实转述他听来的话。结果小鹤抢着说：

"刚受伤的时候是住院的，现在已经出院了。我爸说他昨天在路上遇到女老师了呢。"

小鹤似乎是因为这个，才想抢先所有人见老师一面。她的父亲是开丁零店的，为水路两边的人提供服务。前一天他已经把车拉进城了。他至少每隔一天就去一次海湾周围的城镇，帮别人处理事务，然后随着车或者船返回，并带回很多杂七杂八的消息。关于大石老师的消息——她的跟腱断裂了，她接下来几个月都不能走路了，等等——都被腰带上挂着铃铛的店主听到了。

"那么，老师很快就会来吗？"

早苗眼睛闪烁着期待的光芒，但又被小鹤打断了。

"怎么可能来啊，她还站不起来呀。"然后她乘兴说，"要不我们一起去女老师家看看？"说完，她将每个人的脸都看了一遍。

不知不觉间，竹一、渔家仔森冈正、仁太也已经加入了他们的行列了，然而，没有一个孩子立即同意小鹤的想法。他们就只是静静望着大松树的方向，因为他们不知道到大松树究竟有多远。他们只是听大人们说单程八公里，但是，由于没有行走经验，一年级学生不能很好地判断这段距离有多远。这可能是一段很远的路，但大松树似乎就在海湾的对面。

不过，有一点让他们有些担心，那就是听大人说到大松树村的路比到氏庙远。他们从来没有走过到大松树那么远的路，只是在每年的节日期间徒步或乘船前往没有大松树村远的氏庙拜祭。还要走多久呢？没有人知道。只有仁太在不久前去了大松树所在之村的下一个村落，但他只是从氏庙坐公共汽车路过了大松树村而已。尽管如此，所有的孩子都围着他。

"仁太，从氏庙那里搭公共汽车到大松树要几个小时？"

仁太顿时得意了起来，鼻涕也不吸便说："从氏神大人那里过去的话，一下子就到了。公共汽车会叭叭叭地一路冲到大松树那边，一块糕点都吃不完就到了。"

"骗人，吃块糕点只要一分钟左右耶。"竹一说。

"对啊。"川本松江和西口美沙子也表示赞同："公共汽车再怎么快，也不可能一分钟就到了。"

仁太遭众人反驳，顿时变得气呼呼的："我在氏庙那里，糕点才吃到一半，下公共汽车的时候，我手里还拿着它。"

"你确定吗？"

"当然！"

"你敢拉钩吗？"

"好，拉钩。"

最后，大家都相信了他。然而没有人想得到，仁太是因为出生以来第一次搭公共汽车，他觉得很稀奇，所以他一直盯着司机的手看，忘了要吃糕点，所以下车时糕点才会还在手上。他们仅凭"仁太搭过公共汽车""公共汽车抵达大松树村的下一村时还吃不完一块糕点"这两点，推测氏庙与大松树之间的距离并不远。尽管女老师骑自行车上班，但她不是每天早上都很早到学校吗？想到这些，孩子们脑海中浮现的印象似乎是"近"，而不是"远"。

就在他们心动时，一辆公共汽车驶过对岸的沿海道路，让他们更加按捺不住了。公共汽车看起来像个小点，很快就消失在一片树林里。

"啊，好想去！"

增之突然喊道，不知道为什么，这声呼喊让男孩子激动起来。

"我们走吧。"

"嗯，走吧。"

森冈正和竹一都表示赞成。

"走吧走吧，跑过去再跑回来。"

"对啊对啊。"小鹤和松江高兴得跳了起来。只有早苗和琴江默不作声。早苗原本就话少，不过琴江露出了为难的表情，大概是想到了家里的事情了吧。

"小琴，你不去吗？"

小鹤仿佛在怪罪她，她的表情于是越来越不安了。

"我要先问问奶奶。"

她说话声很小，没有自信。一年级的琴江是家里的长女，下面有四个弟弟和妹妹，大约从五岁起，她就不得不承担起照顾他们的责任了。如果她回家跟家人商量，也不会被准许。而且，早苗、松江或小鹤的立场也跟她面临一样的问题。

一时之间，她们面面相觑，情绪低沉。一般来说，小孩在十岁前可以自由玩耍，但即使在玩的时候，他们也不能完全自由地做自己想做的事。他们总是带着弟弟妹妹，或者背上背着个婴儿。只有增之和美沙子可以随心所欲地玩，因为他们没有兄弟姐妹。

琴江的一番话让她们想起了这件事，但他们却不想放弃计划。

"午饭后，我们都溜出家门吧。"

小鹤给大家出主意，仿佛在说你们都同意了，不能半途而废。

"就是这样！如果我们告诉家人，他们可能不会放我们走，我们什么也别说就走吧。"

聪明的竹一做出了决定。没有人再提出异议。一想到要偷偷出远门，大家都雀跃不已。

"我们偷偷溜出来，在防波堤上会合吧。"

森冈正刚说完，担任指挥的增之想得更周到了，她说：

"防波堤靠近杂货店。我们不想让那个老妇人看到我们。她会问个没完没了的，我们在小树林附近集合吧。"

"这个主意好，大家走田野里的小路吧。"

突然间，大家都忙碌了起来。

"真的要跑过去再跑回来吗？"大家跑回家后，琴江一个人边走边思索。她还是想不出偷偷溜出去的办法。她想要不自己不去了？可是她不能，如果这样做，从明天开始，就没有人会和她一起玩了。她不想被同学们排挤在外。

即使她可以偷偷溜出去，事后还是会被奶奶或妈妈骂。要是不用带孩子该有多好。想到这里，弟弟武志的脸突然变得可憎起来，尽管她平日里觉得他那么可爱。最后她下定决心丢下他，这一天就不照顾弟弟了。她的双脚突然折返，毅然决然地走向田野。一看到树丛她便跑了起来，心跳得很快，生怕有人看见她。

两小时过去了，最先开始担心起自家孩子的人，就是琴江的奶奶。

"肚子应该饿了啊，她怎么还没回来呢？"

起先奶奶只是喃喃自语。原本她打算等琴江回来后，让她背着武志玩，自己再到田里去摘二茬豆，但琴江迟迟没回来。要是去学校找她，这时间她也不可能在了，于是奶奶带着小弟弟去了琴江最要好的朋友早苗家。她认为琴江是在那里玩得忘记时间了。

"请问，琴江在这吗？"

当然不在。不只琴江不在，早苗也没有回来。在回家的路上，奶奶也绕到灶王庙看了一下，不过在杉树下玩耍的都是比琴江大的孩子，或是比她小的孩子。她向着他们问道：

"你们看到我家琴江去哪了吗？"

"不知道。"

"今天一次也没看到她。"

"不在早苗家吗？"

孩子们给了她一个又一个答复，接连不断，但全都是令人失望的。

"真是不听话的孩子。你们如果看到她，叫她马上回家。"

奶奶像是要抛东西似的将武志甩到背上，对还不懂事的他说：

"你姐到底跑哪儿去啦。她回来的时候，我一定臭骂她一顿。"

不过想到琴江还没吃中饭，她又有点担心了。正当她在家里做草鞋的时候，木匠川本的妻子匆匆赶来，一副心急如焚的样子。

"你好啊！今天天气真不错呢。我是来找小松的，看来她不在这里呢。"

听她这么说，琴江的奶奶放下了手中的草鞋。

"小松也没回家啊。午饭也没有吃，也不知道他们到底去哪里玩了。"

"我家的倒是回来吃饭了，但吃到一半似乎有什么事，放下筷子就出去了，她说一会儿就回来，结果到现在都没回来。"

川本太太继续找孩子去了。她离开琴江家后，琴江的奶奶顿时担心了起来，现在她不能再编草鞋了。她不停地在屋里来回走动，或坐或站，根本无法保持安静。

"这也难怪，她正值爱玩的年纪。让她每天看孩子，她肯定是厌烦了，才决定逃离的吧……"

一滴眼泪掉了下来。是不是从小就让琴江帮忙照看小孩，每天背着弟弟，她的屁股才特别突出的呢？奶奶婆婆的泪眼前浮现出孩子摇晃的身影，怎么也挥之不去。

"但是她到底在哪里？她在做什么？她的爸爸妈妈今天也晚归呢……"

奶奶走到户外，凝视着大海，她觉得今天连外出捕竹筴鱼的琴江父母都回来得特别晚。

"还没回来吗？"

川本太太第三次询问她之前，小鹤的姐姐、早苗的弟弟、富士子的母亲都来过松江家里，她们也在找自己的家人。很快地，大家发现一年级学生都不见踪影，不久后才有一个从校本部回来的学生说他在一家叫八幡堂的文具店附近看到过他们。家人们听到这句话，才不那么担心了。不过这个消息很快在村内传开了，大家各抒己见。

"我听说镇上来了一个剧团，他们会不会是去看戏了啊？"

"他们根本没钱，怎么看？"

"小孩子不都是爱看热闹吗。"

一年级孩子的家长们互相交谈着，此时，他们的脸上还带着些许笑意。

"他们很快就会回来的，饿着肚子，脚上磨出了水疱。"

"他们还敢回来呢？一群小傻瓜。"

"回来后该对他们发火吗？还是不批评他们？"

"总不能夸奖他们吧！"

大家能这么优哉地聊着天，是因为矶吉的哥哥、仁太和富士子的父亲出去找那些孩子了，这让他们安心了下来。但是，根本没有人想到大石老师的存在，他们也真是粗心啊。

三个出门寻找孩子们的人，问遍了本村可能知情的人：

"我想请问一下，中午过后，有没有看见十几个七八岁的孩子？"

同一句话，他们不知问了多少次。

那么，在同一时间里，孩子们在做什么呢？

当然，最先到达树林的人是琴江。她将书包藏到草丛中，等待着大家的到来。吉次和矶吉一前一后地来了。接着竹一和森冈正也来了，最晚到的是富士子和仁太。仁太想得很周全，他在上衣、裤子的四个口袋内塞满了烤蚕豆，还说他把家里的蚕豆全拿来了。他大方地分给每个人一些豆子，所有人都露出开心的笑容。一群人嚼着豆子出发了。

"女老师看见我们，会大吃一惊的。"

"是啊，她一定会很开心。"

琴江独自走在队伍的最前面，回头看了看其他人。她心里想着，大家明明说要跑过去再跑回来，现在他们却散起步来了。到了老师家里，就知道女老师怎么样了，他们却在路上问个没完没了。

"听说女老师走路会跛脚喔。"

"不知道她的脚还疼吗？"

"当然会痛啊，不然她就不会跛脚走路了！"

这时矶吉快步向前走了几步，说道：

"看！这是跟腱，女老师脚上的这条粗肌腱断了，看到了吗？"他揉了揉自己的跟腱，补充道，"它就在这里断了。"

"这种地方断掉了，那一定很痛呢。"

终于，孩子们的步伐加快了。他们还是第一次独自走这条路。每转一个弯，眼前的风景就会发生变化，所以他们乐此不疲。当道路越过海角，沿着海湾延伸时，大松树村就变得更加遥远，斜斜地出现在他们的背后。他们开始不确定自己是否真的在朝着正确的方向前进，不过没人把这份担心说出口。过了一会儿，他们就看到远处一群高年级的学生从校本部回来了。孩子们惊恐地看着对方。

"躲起来，躲起来，快一点！"

增之一声令下，其他人立刻跑进莽竹丛里，动作快得像猴子。莽竹不断摇曳着，发出啪沙啪沙的声响。

"都别出声！被他们发现就糟了。"

增之噘着薄唇，眼角稍稍翘起，给大家使了个眼色，竹一和森冈正也都安静下来，一动不动。那丛几乎是孩子们两倍高的莽竹丛里藏着十二个孩子，发出一阵窸窸窣窣的声音。不过，他们最后成功地躲过了高年级孩子们，这都要归功于增之聪明机智。只要增之瞪一眼，就能让所有的同学变得像小猫一样温顺听话。

跨出海岬道路，快进本村时，大家才开始用正常的声音交谈。在去大松树村的路上，有很多大大小小的城镇和村庄。孩子们穿过一个又一个村庄，直到最后他们厌倦了，但他们似乎永远无法到达大松树村。从海角村来看，这棵树似乎很近；它就在他们面前。然而，现在连那棵树都看不见了。孩子们通过双脚感受到了大人所说的八公里的路到底有多遥远，他们变得越来越安静。他们遇到的人都是陌生的面孔，感觉自己仿佛来到了一个遥远而又陌生的地方，孤独感渐渐像一块沉重的石头压在他们身上。

其实他们都不知道，再绕过一个海角，那棵大松树就会近在眼前。现在再问仁太也没有用，这个地方他也没有来过，所以大家也都不再问他话了。他们只能一步一步地走下去。

竹一和美沙子的草鞋最先坏了。竹一把一双还可以穿的草鞋给了美沙子，自己赤着脚行走。吉次和森冈正的鞋子也快要磨破了。大家的身上都没有钱，买不了新的草鞋。草鞋快坏掉的人一想到自己已经走了这么长一段路，而回家的时候只能光着脚，心情就更不好了。

突然，琴江哭了起来。大概是没吃午饭的缘故，她比其他人累得更快，已经没了力气，再也忍不下去了。她蹲在路边放声大哭，这让美沙子和富士子也跟着哭了起来。其他孩子停在路边，呆呆地看着哭泣的女孩们。他们自己也想哭，根本说不出什么安慰的话让女孩们高兴起来。如果有人说出"我们回家吧"，也许大家就不哭了。

然而没人敢说出这句话。增之和小鹤的脸上也露出了困惑的表情，她们想哭却哭不出来。如果他们都哭了，也许会有人来帮助他们，但他们根本想不到这些。

初秋的天空万里无云，午后的阳光从孩子们身后照亮了泛着白光的道路，使他们看起来非常沮丧。他们非常想家，不自觉地朝着来时的方向站着。这时，一辆银色的公共汽车驶了过来，鸣响了喇叭。刹那间，十二个孩子同时退后一步，在狭窄的路边的草地上排成一队，让公共汽车通过。就连琴江也停止了哭泣，专注地盯着公共汽车。

当公共汽车经过孩子们身边时，扬起一团白色的灰尘，一张意想不到的脸出现在车窗里。

"快看，是大石老师！"

刚喊出声，公共汽车就已经从他们身边开过去了。

"哇！"

孩子们立刻回到马路上，不知道哪里来的力量，欢呼着朝公共汽车追去。他们跑得很快，仿佛双脚注入了新的力量。

"老师！"

"女老师！"

公共汽车在前面不远处停了下来，等女老师下车后又出发了。女老师拄着拐杖等待着孩子们。不等他们走近，她就喊道：

"你们这是要干什么去？"

孩子们迫不及待地跑到她身边，抓住她的手臂，虽然他们知道不应该这样做。还有几个孩子站在一旁，没有靠近老师，或许是因为害怕，或者是因为害羞。

"我们来看老师，可是太远了。"

仁太先开口了，其他人也七嘴八舌地说了起来。

"我们说好来之前不告诉父母。"

"我们走了很久都看不到大松树。"

琴江又哭了起来。

"老师，大松树在哪里呢？"

"还远吗？"

"你的脚还疼吗？"

老师虽然面带微笑，但泪水却顺着脸颊流了下来。当她告诉孩子们她的家就在拐角处的大松树村时，孩子们欢呼雀跃着。

"但路很远啊！"

"我们差点转身回去了。"

老师拄着拐杖走在孩子们中间，带他们一起向她家走去。老师的母亲大吃一惊，接着开始忙碌起来，生起炉灶，在厨房里跑进跑出。孩子们在那里待了大约一个小时，他们吃了炸豆腐乌冬面，有的甚至还吃了两碗。老师很高兴，说一定要给大家拍张照片。她找了家附近的摄影师，并带着孩子们去了大松树那里。

"我希望你们能多陪我一会儿，"她说，"但是天很快就黑了，你们的父母一定很担心。"

孩子们都不愿意回家，但大石老师说服了他们，最后把他们都送上了船。这时已经四点多了。秋天的日子短，太阳已经西沉了。黄昏笼罩着海角村，仿佛那天那里没有发生什么特别的事情。

"再见！"

“再见！”

船上传来了孩子们向老师告别的喊声，老师拄着拐杖在海边注视着他们。

就在三位大人从村里到镇上寻找时，十二个孩子从他们意想不到的方向回到了村庄。

“嗨！”

“你好！”

海中突然传来的叫声使海角村的村民们大吃一惊。一开始父母责备他们的孩子，但最后他们都大笑起来，对大石老师的评价更高了。

两天后，奇怪的包裹被放在丁零店主的手推车上。因为它们又小又多，他不得不把它们都放在一个空苹果箱子里，然后他推着车出了村庄。一路上办理了好多事情，最后他到达大松树村。他扛起箱子走向村子，他每走一步，腰带上的铃铛就响一声，最后的叮当声在大石老师家的门廊中停止了。铃声总是象征着从某个地方寄来的礼物，根本不用再开口说明。

“这是五合米，一升豆。这个包裹很轻，也许是鱼干。嘿，又一个五合米，一升豆……”

他拿出一个又一个小袋子，堆在门廊的地上。袋子上都写着名字。这些都是感恩的村民送来的大米和豆子，也是祝大石老师早日康复的礼物。

四　离别

在洗出来的照片中，大石老师拄着拐杖，背景是大松树，身边围着十二个孩子，有的站着，有的蹲着。大石老师依次看了看每一个人，矶吉、竹一、松江、美沙子……当她看到仁太时，禁不住大笑起来。他的姿势是如此紧张，以至于他的身体看起来非常僵硬，仿佛不吐出一口气就会爆炸。

他那"立正"的姿势，不管谁看见了都会发笑。除了增之和美沙子，这是学生们有生以来第一次拍照，这就是为什么他们中的大多数人看起来都很紧张。仁太和吉次是最夸张的。与仁太相反，吉次在镜头前退缩着，他的脸转向一边，眼睛闭着。照片如实反映了他平日里的脆弱胆小，让大石老师心生怜爱。

"可怜的吉精！他一定很害怕照相。也许他是害怕有什么东西会从相机里跳出来。"

就在大石老师一个人看照片发笑的时候，总校的校长来了。听到校长的声音，她也像照片中的仁太一样僵住了。她小心地走到门口迎接，虽然不须使用拐杖，但她仍然走得很慢。校长看着她走路的样子，皱起了眉头，关爱地说：

"你可真是遭了不少罪啊！"

"不过，我现在已经好多了。"

"还疼吗？"

当她在想该怎么回答时，她的母亲已经替她回答了。她以为校长是来劝她回学校的。

"非常抱歉，这么长时间以来，久子给您添了很多麻烦。她现在虽然好多了，但她还没有好到可以骑自行车的地步，所以她还得待在家里。"

但校长来的目的并不是要逼她去上班。他只是来询问大石老师的健康状况并告诉她一个好消息。大石老师是他朋友的女儿，所以谈话时他就直呼大石老师的名字：

"久子，你也算是为海角村的孩子牺牲了一只脚，所以我想，你最好现在就离开分校。我已经决定让你在校本部教书。但从你现在走路的样子来看，恐怕你还不能去校总部教书。"

大石老师母亲的眼里突然充满了泪水。她说："哦，天哪！"但无法再多说什么。这个消息是如此令人惊喜，她无法一下子想出合适的感谢词。她注意到自己女儿一直保持沉默，为了掩饰尴尬，她敦促她说：

"久子，你怎么不说话呢？快点感谢校长先生。"

但是，大石老师对校长的这一善意安排并不满意。如果是半年前，她肯定会高兴得跳起来，现在由于某种原因，她再也不能这么简单地做出反应了。因此，她说出来的并不是感谢的话。

"呃……呃……已经决定了吗？接替我的新老师也安排好了吗？"

"是的，在昨天的教师会议上已经解决了。你有什么意见吗？"

"不，我没有反对的权利。但我真的有点为难，不知道该怎么做。"

如果她的母亲听到大石老师的话，可能会责骂她，但她已经出去了，去买招待校长的蛋糕和其他东西了。

"怎么了？"

校长大笑着问。

"嗯，我答应了我的学生要回去教他们。"

"这太让人吃惊了！不过你怎么过去上课呢？你母亲告诉我你有一段时间不能骑自行车了。所以我才做了这个安排。"

她没有别的办法了，但她却更渴望回到海角村。她仍然不愿意放弃，忍不住问道：

"谁来接替我的位置呢？"

"后藤太太。"

"哦！"

她差点说："这不是很可惜吗？"但在最后一刻还是忍住了。这一次，她担心的是后藤夫人，而不是她自己。她想知道这位新老师每天该如何去学校。后藤夫人已近四十岁，因为她结婚很晚，现在有一个正在哺乳的婴儿。确实她住在离海角村较近的地方，但也有六公里。寒冷的季节即将来临，她每天该怎么去学校呢？大石老师突然抬起头来，半是出于对后藤夫人的同情，半是出于她自己也不愿意放弃。

"校长先生，您看这样好吗？等我的脚完全好了，我就接替后藤夫人。在那之前，她能替我代下课吗？"

她认为这是个很好的主意，但校长的回答让她感到惊讶。

"你的心地太善良了，久子！你没必要考虑那么多。现在这样安排很好，因为是后藤夫人自己提出要去海角村的。"

"为什么？"

"因为她年龄大了，我们打算让她明年退休，但如果她愿意去海角村，就还能再教三年。当我跟她说起这个事情的时候，她就欣然接受了这个提议。"

她老了？天哪！四十岁就老了？难道他们把一个在哺乳期的女人称为老人？大石老师十分惊讶，一时说不上话来。这时她的母亲已经回来了，正把一个装有水果的托盘递给她。她对女儿的直率感到非常不安。

"你这是在干什么，久子！校长先生一片好意，你还没有对他表示感谢。你要好好听校长先生的话。自从校长先生来了之后，你就一直在说一些奇怪的事情。"她向校长鞠了一躬，接着说："恐怕是我没能把久子教育好。她是我的独生女，我想是我把她宠坏了，她才说了一些失礼的话。但她似乎从早到晚都只想着她的学校，一直很想回到那里去。既然你已经好心地把她转到了校本部，我想再过个十天左右，她就可以坐车去学校了。正如你所看到的，她是个任性的孩子，但还请您多多包涵她。"

她说了所有她希望她女儿说的话，并鞠了几个躬，多次低头道谢。她暗示性地对她的女儿眨了眨眼，但大石老师没有理会她的母亲，仍然继续谈论着后藤夫人。

"那后藤夫人是不是已经在那里教书了？"

与这个性格有点古怪的女孩谈话，校长很开心。

"还没有。我们可以再开一次教员会议取消这个决定，如果这是你想要的。不过，恐怕后藤夫人会很失望的。"

只有大石老师的母亲继续感到焦虑和紧张。校长对她说：

"久子让我想起了她的父亲。她和她的父亲一样固执。你知道吗，她的父亲在上小学的时候就开始罢课了，这是前所未闻的。"

说着，校长大声笑了起来。大石老师以前听过这个故事。她的父亲在四年级的时候，有一次被班主任误解了，他很生气，就怂恿班上的同学罢课一天。他的同学们，包括现在的校长，都很同情他，一起走进村里的办公室，要求换一个新老师。去年春天，当大石老师和她的母亲去拜访校长，请求他为她谋取一个职位时，第一次听说了父亲学生时代的这个故事，她们都笑了。今天，校长把这个故事当作美好回忆讲了出来，却给大石老师带来了奇妙和真切的感受。

校长离开后，大石老师仍然沉浸在深思中。母亲安慰她说：

"这样的安排不是很好吗，久子？"

大石老师依旧沉默着。那天的晚饭，她吃得很少。她一直想到深夜，终于对母亲说道："也许这对我和后藤夫人来说都是好事吧。"

距大石老师的母亲说"这样的安排不是很好吗"已经四个小时，现在她的母亲终于松了一口气。

"是啊，久子，现在一切都很好。"

大石老师又想了想，斩钉截铁地说：

"我并不那么认为。并非所有事情都进展顺利——至少对后藤夫人而言并非如此。他们说她老了，实在是太失礼了。"

母亲没有再反对，而是温柔地说道，仿佛女儿需要安慰一样。

"不管怎样，时间很晚了，我们去睡觉吧。"

第二天早上，大石老师决心乘船去一趟海角村。摆渡人是大松树村的丁零店老板，他的工作和小鹤的父亲一样，都是开船摆渡和拖车的。那是十月下旬的一个无风的早晨，天空和大海一片蔚蓝，清新的海风带着一丝凉意，大石老师本能地抱紧了双臂。

"真冷啊！很快就到穿夹衣的时候了，叔叔。"

"太阳出来的时候就不冷了。现在是一年中最好的时候，既不热也不冷。"

今天，大石老师一改以前的打扮，换上了一件带白色小格子的哗叽和服，搭配一件蓝紫色的罩裙。船底铺着一张席子，她侧着腿坐在上面。不过幸运的是，她的裙子掩盖了她尴尬的姿势。小船笔直地穿过深蓝色的大海，她专注地看着海角，双桨发出了有节奏的声音。两个月前她哭着渡过了海湾。现在，她精神抖擞地重渡海湾。

"这次你真的吃了不少苦头吧？"

"是的。"

"年轻人的骨头软，骨折之后很快就能好。"

"我这个既不是骨头也不是肌肉，而是阿基里斯腱出了问题，它不像骨头那样容易康复。"

"真的吗？那就更糟糕了。"

"但孩子们并不是有意要伤害我。这只是一个意外，所以我不能怨恨他们。"

"尽管他们给你带来了这么大的麻烦，你还要去跟他们告别？真是好人啊！"

摆渡人摇着船桨，话语短促，以配合他的桨的节奏。他"嘿嗬！嘿嗬！"地喊着号子，划得更卖力了。大石老师咯咯地笑着，用同样的方式说话。

"话是这么说，但那些孩子偷着跑来看我，我若是不去跟他们告别，真是说不过去呢。嘿嗬！"

她欢快的笑声让摆渡人心情大好。他说：

"我们不能忘记礼节，生活就是这样。嘿嗬！"

最后，大石老师尽情地笑了起来，笑得身体都颤起来了。在海上，不用担心打扰任何人。她的笑声，伴随着橹声，船越走越远，终于驶入了海湾对岸的村庄。晨雾还没有散去，但海角村一天的工作似乎早就开始了，四周不断传来轻微的声响。老师想知道：这个时候孩子们都在做什么呢？

"当我骑着自行车到杂货店门口时，松江就会冲出来；经常在码头上等候的矶吉；仁太每周都会迟到一次；吉次第一学期中在课堂上尿了两次裤子……"当大石老师回忆起一个又一个的孩子时，她再次惊叹于他们的勇气，他们这么小就敢大老远来到大松树村看望我。她不禁想起了那天孩子们沾满灰尘的小脚，真是一群可爱的孩子，她又开心地笑了起来。

上次是我被吓了一跳，所以今天我要给他们一个惊喜。我想看看第一个会遇见谁呢？当老师沉浸在快乐的期待中时，船越开越远。有着绿色树林和黑色小屋顶的海角，似乎正在向她滑来。两个小女孩站在沙滩上，朝她的方向看着。她们好奇地盯着那艘船，看起来不像是一年级的学生。在偏僻的海角村，无论是从海路还是陆路来的外人，都能被很快发现，一群好奇的人很快就会聚集起来。这一次也是如此，站在那里的孩子们的数量很快增加到了五个、七个，不一会儿船到了，他们的喧闹声变得清晰可闻，大石老师也可以看清他们每一个人的脸了。然而，没有一个孩子能够弄清那个穿和服的女人是谁。他们都一脸严肃地看着她。即使她对他们微笑，他们似乎仍然不知道她是谁。大石老师等不及了，她举起手来挥舞着。岸上的喧哗声突然变大了，孩子们开始大喊大叫。

"我就说那是女老师嘛。"

"女老师！"

"女老师来了！"

这时，一些大人也加入了孩子们的行列，对女老师表示热烈欢迎。摆渡人抛向岸边的绳子被用力拉动，欢呼声此起彼伏。在欢呼声中，小船被拖上了沙滩。大石老师和孩子们在沙滩上笑着聊了一会儿，就与孩子们一起往学校走去。在路上遇到的人都跟她打招呼，并询问她的健康状况：

"你的脚怎么样了？我很担心你。"

大石老师依次回礼道谢：

"我已经好多了，谢谢你们。你前几天给我送了一份大米的礼物，真是太客气了。"

"不客气，只是一个小礼物。"

过了一会儿，她遇到一个肩上扛着锄头的人。他正在解头上的手巾，他也像其他人一样问候了一番。大石老师说：

"谢谢你送来漂亮的蚕豆。"

那人微微一笑。

"哦，我们送你的是芝麻。"

老师突然意识到了自己的愚蠢行为，决定不再提及大米或豆子。因为她只在那里教了一个学期，除了一年级学生的父母之外，还有好多孩子的父母她不认识。她遇到的下一个人看起来像个渔夫。她鞠了一个躬并小心翼翼地对他说：

"非常感谢你前几天送给我的礼物。"

那人突然显得很尴尬。

"呃，我本想送你一份礼物，但太晚了，没赶上。"

大石老师一下子慌乱起来，脸也红了。

"哦，非常抱歉，是我弄错了。"

这样的事如果是在事故发生之前，肯定有人会说，女老师是在暗示村民送礼物。那个人走后，孩子们突然大笑起来。其中一个男孩说：

"大石老师，清六的父亲从来没有给过任何人东西。他只会接受。你看，即使他在山里干活，想撒尿的时候，他也会走很远的路到自己的田里去撒尿。"

孩子们都笑了起来。大石老师以前听过一次这个故事。这个人的儿子在读四年级，是唯一一个不带音乐笔记本的学生。有一天，她问他为什么，是否每次都忘了带笔记本。他低着头，仿佛要哭了。然后坐在他旁边的男孩替他说："他父亲说，学唱歌也赚不了钱，所以不给他买。"

在下一堂音乐课上，大石老师给了这个小男孩一个笔记本。她现在还记得那个小男孩当时是多么高兴。他所有的课本都是旧的。然而，他们家却是村里第二富有的。

大石老师松了一口气，因为清六不在身边的这群孩子当中。

"你的脚还疼吗？"

就在这时，仁太最先向大石老师发问。虽然老师不再使用拐杖了，但她仍然一瘸一拐的，仁太一定对此感到很不好受。

"老师，你还不能骑自行车吗？"

小鹤也在问。

"嗯，也许半年左右就可以了。"

"那你要坐船来学校吗？"

对于矶吉的问题，老师只是摇了摇头。琴江很惊讶，问道：

"哦，那你是走着来的吗？你能走这么长的路吗？"

对琴江来说，那八公里的路一定令她终生难忘。她是第一个开始哭的人，因为她又饿又害怕。那天她把书包藏在一个灌木丛中后才出发，只因为她不想被抛弃。当孩子们被送上船回家时，她与其他人不同，情绪紧张，害怕会被奶奶骂。但是出来迎接她的奶奶比其他家长都着急，跳板还没架好，她就从水中跑了过去，抢在其他孩子之前把琴江从船上抱了出来。当其他孩子像胜利的将军一样走下跳板去找他们的父母时，只有琴江和奶奶哭了。当她们绕到灌木丛中取回书包往回走时，情绪已经恢复了平日的样子。

"从现在开始，在没有让我知道的情况下，不要去任何地方。出去之前一定要告诉我。"

"但我问你的时候，你总是不让我去。"

"哦，真是这样。一点没错。"

奶奶发出了微弱而颤抖的笑声。

"但无论如何，你要吃完午饭再走啊。不吃饭对身体不好。"

奶奶的话，让琴江想起了她在大石老师家吃过的乌冬面。乌冬面的味道非常好，光是回忆就能让她口水直流。她那天饥肠辘辘，感觉乌冬面的味道比平时好很多倍。那碗乌冬面的味道永远印在了她的味觉中。

从那时起，每当她想到乌冬面，她就会想到大石老师。反之，她一想起大石老师，就会想起那美味的乌冬面。

现在，大石老师突然回来了。她又想到了那条长长的路和那碗乌冬面，于是问："那么远的路，你要走着过？"

不仅是琴江，所有的孩子都认为，大石老师又会在学校里教书了。这让老师意识到，她应该在落地的那一刻就宣布她今天的来意。她遗憾地想，如果她下了船就大喊"我是来告别的"，那么马上就会生出离别的气氛。她充分利用了琴江的问题，慢慢地说。

"路很远，不是吗？如果我一路走来，像这样一瘸一拐地走来，在我到达这里之前，天就已经黑了。所以这……你们看……这样行不通吧。"

然而，孩子们理解不了她的意思。渔夫的儿子森冈正提出了一个建议。

"大石老师，那你为什么不坐船来？我每天都会来接你，大松树村并不远。"

他最近学会了如何划船，并为此感到相当自豪。大石老师不禁笑了。

"你真的会吗？你会在下午送我回家吗？"

"当然，我们都愿意吧？"森冈正问矶吉。也许他现在觉得有点不太自信，需要他朋友的保证。矶吉点了点头。

"太感谢你们了。不过有点为难，老师已经辞职了。"

孩子们没有说什么。

"所以我今天是来道别的。"

孩子们仍然保持沉默。

"另一位女老师很快就要来了。你们一定要好好学习。老师非常喜欢这里，但我的脚还没好，实在没办法。等我康复了，我会回来的。"

孩子们都低头，看着老师的脚。早苗的眼睛里充满了泪水，她把眼睛睁得大大的，不让晶莹的泪水流下来。大石老师一看到不善表达的早苗的眼泪，她自己的眼睛也涌出了泪水。然后，增之突然哭了起来。他像捅了马蜂窝，琴江、美沙子，甚至个性要强的小鹤也抽泣起来。顿时，哭声和抽泣声响成一片。

学校的石门两边，挂着分校的牌子。门两侧有一棵高大的柳树和一棵高大的松树。在柳树下，大石老师被三十几名学生包围着，女老师不再试图抑制她的眼泪。在增之的带领下，合唱的声音如此响亮，甚至吉次和仁太也差点哭了，但他们似乎在努力忍着。一些大一点的学生觉得有趣，站在一旁看着他们。男老师从教员室的窗口看到了这一幕，他穿上那双用旧皮鞋改成的拖鞋跑了过来。

"你们怎么了？你们都怎么了？女老师今天能来真是太好了，你们一定要笑着欢迎她。为什么要哭得这么厉害？快都让开吧。女老师，请进来吧。"

然而，他们仍然留在原地，继续抽泣着。

"哎，女老师，还有孩子们，你们都怎么了？要哭你们就使劲哭吧。"

当男老师穿着拖鞋啪嗒啪嗒地走开时，他们终于笑了，因为他们觉得"要哭你们就使劲哭吧"这句话很有趣。

上课的木板敲响了，就要开始上课了。大石老师本打算在上课前跟大家告别。然而，当她说完了告别的话，走进一年级和二年级学生教室的时候，就像被什么牵绊住了似的。因为女老师在离开这么久后再次与他们在一起，孩子们都很兴奋。

"让我们一起上完这节课，然后再告别吧。这是一堂算术课，但如果你们愿意，我们可以做别的事情。我们要做什么？"

很多人举起了手，并喊道：

"叫我来！叫我来！"

还没等老师叫人，增之就喊道：

"唱歌！"

教室里顿时充满了欢呼声和拍手声，大家都赞成这个想法。

"让我们到海滩上唱歌吧！"

大家又发出了喜悦的呼声。

"大石老师，我们去沙滩上唱歌吧。"

增之继续带头喊道。

"那我去告诉男老师一下，让你们送我去海滩，船正在那里等我呢。"

孩子们拍起手来，摇晃着他们的课桌。与男老师商量后，他建议大家一起去送大石老师。

一瘸一拐的大石老师身边围着十二个一年级学生，他们走在前面。男老师走在后面，推着女老师的自行车，那辆自行车从事故发生那天起就没有再动过，上面积满了灰尘。路上遇到的村民也跟着他们到海滩上。

"这次别再哭了。"

大石老师依次看了看孩子们的脸。

"现在我们拉钩，答应我不要哭，小增之不许哭啊。"

"好的。"

"你也是，琴江。"

"好的。"

"还有你，早苗。"

"好的。"

这几个人都是最爱哭的。大石老师想，既然她们已经跟她拉钩了，那就没问题了。大家来到了海滩。仁太看着增之，大声问道：

"我们要唱什么？"

"当然是《萤火虫之光》了。"

男老师说。然而，一年级学生还没有学会这首歌。

"那唱《让我们努力学习》怎么样？一年级学生也学过。"

男老师希望学生们能唱出他教的歌。但增之却爽快地喊道：

"《山中的乌鸦》！"

这似乎真的是她最喜欢的歌曲。她马上开始唱。

"一只山鸦带给我一个小红包，"

虽然她只是一年级学生，但她似乎已经有能力和经验来领导合唱，也许她天生就是会唱歌的人，很有能力让其他人跟着她唱。

"我打开它，

上面写着：

在闪亮的月亮下。

一场森林大火真可怕。"

在此期间，一群村民聚集于此，一一和大石老师告别。大石老师上了船，和孩子们一起唱歌：

"我本想写回信，

但我的梦醒了。

我的床边躺着

一片红色的小枫叶。"

这首歌被唱了一遍又一遍，不知道什么时候歌声停了下来。望着越来越远的小船，孩子们的声音变得越来越小了。

"女老师！"

"请一定再回来啊。"

"等你的脚好了再来吧。"

"脚好了，我一定来。"

"说好了啊。"

最后一句是仁太说的。再后来，大石老师已无法听清孩子们说的话了。

"他们是不是很可爱！"

摆渡人跟大石老师搭话，把她从沉思中唤醒。她仍然盯着那些似乎不愿意离开海滩的人。

"是的，他们都很好。"

"然而我们总是听说那里的人很难相处。"

"那倒是。但他们在和你熟了之后是最好的。"

"还真是这样。"

大石老师将脸庞暴露在明媚的阳光和海风中，目光依然注视着眼前那些看起来像芝麻一样小的人影。她仿佛要把整个村庄都深深地印在脑海里。

遥远的海面上，除了双桨的声音，再也听不到任何声音，孩子们的歌声似乎又回到了她的耳边。那一双双圆圆的、闪闪发亮的眼睛，在她的记忆中始终没有消失。

五　花之绘

　　无论是大海的颜色，还是山丘的形状，都和以前一样。一群孩子沿着又长又窄的海角村的山路去上学，他们也还是和以前一样，同一时间，走到同一个地点。如果仔细观察，你会发现有几个人的模样发生了变化。或许是这个原因，孩子们的表情就像他们周围树上的花蕾一样，有一种新鲜的感觉。这群孩子里有竹一、矶吉、吉次，增之和早苗跟在后面。

　　从这些新面孔中，我们必须意识到，距离我们的故事开始已经过去了四年。这四年间，在"亿万同胞团结"的口号下，这些孩子们的生活还和四年前一样吗？如同村庄周围山丘的形状和大海的颜色那样？

　　孩子们没有考虑过这种事情。他们只是伴随着自己的喜怒哀乐而成长。他们自然地成长，没有意识到自己已经被置于历史的洪流之中。

　　四年来发生了一些重大事件，但孩子们还太小，无法真正理解其中的含义。然而，历史的创造超出了这些小孩子的思维。四年前，也就是一九二八年三月十五日，就在这些孩子进入海角村的分校之前不久，又有一次是第二年的四月十六日，在他们升入二年级之后，许多要求人民自由并探索改革的进步思想遭到了压制，很多人被政府投入了监狱。然而，海角村的孩子们对此一无所知。深深印在他们脑海里的是世道越来越不景气。

虽然他们不知道这是一个世界性的问题，但他们清楚地知道：大萧条的到来不是他们的错。经济不好，大家就要节俭过日子。他们已经听说了本州北部和北海道发生了饥荒，每个人都带了一分钱捐款给学校。随后，"九一八"事变、"一·二八"事变相继发生，海角村也有几个年轻人被征召入伍。

在这些事件接连发生的同时，小孩子们吃着掺有大麦的米饭，依旧茁壮成长。

他们不知道未来会发生什么，他们只是为成长而高兴。

现在，他们已经是五年级学生了，但他们的父母没钱给他们买时尚的运动鞋。他们并没有抱怨，而是觉得当下的经济萧条不是人力能够改变的，于是也就满足于一直穿着的传统草鞋。有新草鞋穿就很开心了，尽管如此，当他们发现只有森冈正一人穿着运动鞋时，他们还是盯着那双运动鞋，大惊小怪起来。

"哇，丸子！你的脚是不是很亮啊！真刺眼啊。"

森冈正从一开始就对他的运动鞋感到害羞。现在，他的朋友提到了它，他感到非常尴尬，以至于后悔穿上它。在这些女孩中，小鹤是唯一穿白球鞋的人。那双鞋太大了，大到几乎每走一步都要掉下来。最后，她把鞋子拿在手里，赤脚站在那里，沮丧地看着它。一个六年级的女孩提出用自己的草鞋跟她换着穿，那个六年级同学大声地说：

"这双鞋是十号半的，我穿起来都大！"

小鹤的父母买的这双鞋，希望她能穿三年左右。小鹤不想再穿这双新球鞋了，草鞋穿起来很舒服，走起路来就容易多了。当她松了一口气的时候，松江微笑着对她说：

"看，小鹤。我这里的便当还是热的呢。"

边说边拍了拍她随身携带的盒子。

"是有百合花的便当盒吗？"

小鹤问道，脸上带着一副你是怎么得到它的表情。

松江回答说：

"不，爸爸明天要去买。"

她对自己的回答感到惊愕。她突然想起了三天前发生的事情。她听说美沙子和增之得到了铝质的便当盒，盒盖上印有百合花的图案。

她问母亲：

"增之和小美都有了带有百合花的便当盒，给我也买一个和她们一样的吧。"

"好的。"

"你真的会给我买吗？"

"当然会。"

"是带百合花的哦？"

"不是百合，就是菊花。"

"那就快点拜托丁零店买吧？"

"好的，但不要这么着急。"

"你每次都说好，那我现在就去丁零店吧？"

听到这句话，她的母亲才认真起来。这次她没有说"好的"，而是语速有点快。

"再稍微等一下。谁来付钱呢？你必须等到爸爸赚够了钱才能买。否则，我们会很没面子。我现在就给你找一个漂亮的便当盒，比这个铝质便当盒更好的。"

就这样，松江被劝退了。但是，当妈妈给她看那个为她找的旧柳条便当盒时，她失望地哭了起来……她知道，柳条便当盒早就过时了，再也没有人用它了。经济萧条，她父亲的生意也受到了影响，每当他没有木匠活可做时，就做一些零工，比如除草。因此松江知道，即使是买一个便当盒对他来说也不是一件容易的事。但她还是非常想要一个。她有一种感觉，如果现在接受了这个柳条便当盒，她就永远不会得到一个带有百合花的便当盒了。所以她仍然坚持，最后哭了起来。然而，她的母亲也不愿意让步。

"你看，现在世道不好，你要将就一下。如果下个月爸爸的生意好转，我们真的会给你买一个。你是家里最大的孩子，你要懂事。"

但松江继续抽泣着。她失望至极，一直在大声地哭，好像永远也停不下来。

然后有件非常严重的事情发生了。

"松江，"她的母亲坚定地说，"我保证会给你买一个便当盒，可以跟你拉钩。但现在我希望你能跑到接生婆那里，让她马上过来。在去的路上，你顺便请杂货店大娘也过来一下。我感觉很奇怪，不应该这么快啊。"

最后那段话，母亲像是在喃喃自语。松江看到母亲取出被褥开始铺她的床，她停止了哭泣，匆匆跑出了家门。小女孩如离弦的箭，跑得飞快，母亲的承诺给了她一份美好的期待。

接生婆的房子位于主村的入口处，在回来的路上，接生婆还用自行车带了她一段路。当她们走到一个稍稍向上的斜坡时，接生婆停下自行车说：

"你在这里下车。我必须尽快赶过去。"

松江点了点头，开始追着自行车跑，自行车越来越远，很快就消失在山里了。自从大石老师骑自行车以来，骑自行车的女性愈来愈多了，不再是稀奇事。看着接生婆的自行车飞驰而去，一个想法在她的脑海中闪现出来。如果她的父亲也有一辆这样的自行车，那该对他有多大的帮助啊！他每天早晨都要早起，艰难地走到城里去干活。

当她跑到家里时，婴儿已经出生了。那位杂货店老板娘忙着打水，她的和服袖子用麻绳束着。她一看到松江，就对她说。

"阿松啊，你要当姐姐了，快帮我去生火烧水！"

把水桶里的水倒进锅里后，她用低沉的声音说：

"她是早产儿，一个很小的女孩。但这并不是最主要的，最主要的是你爸爸看到又生一个女孩会很失望，但有女孩也不错。女孩虽然不能像男孩那样照顾家，但谁能说十年后，我们的阿松不会有出息呢？"

松江不太明白她的意思，只是继续往灶里加柴火。每当母亲有什么不舒服的时候，松江就得做饭，因为她没有祖母。从她很小的时候起，就一直是这样了。

三天后的今天，是松江第一次带着便当去校本部的日子。她一直在往便当盒里装着热气腾腾的米饭，躺在里屋床上的母亲不断提醒她。

"一定要把爸爸的便当盒装满，你的要少装一点，你的便当盒很大。把腌制好的酸梅子埋在米饭里，这样它就不会露出来。否则盖子会被拱出一个洞。"

松江的母亲，用手巾包着额头，痛苦地皱着眉。然而，年幼的松江并没有注意到母亲的不舒服。

"妈妈，你真的会给我买一个有百合花的便当盒吗？什么时候买呢？"

"只要我能起床就给你买。"

"在你能起床的那天就去买？"

"对，那天就去买。"

松江今天非常高兴，不再介意带去学校的父亲的旧铝质便当盒的大小了。这是一个又大又深的便当盒，足以装下松江这个年纪三个女孩吃的食物。但她没有想到，在小学的教室里，这个便当盒看起来会有多滑稽。与柳条便当盒相比，她更喜欢这个便当盒。此外，这个温热的便当盒让她的身体很温暖，心里也很温暖。对于小鹤的问题，松江不假思索地回答：明天。但她想明天太早了，不过她可能会在后天得到它，她独自开心地笑了起来。她心里怀着这样的美好期待继续往前走。所有其他孩子也都为自己的事情感到高兴。

增之穿着新水手服，她为自己穿的新水手上衣感到自豪。琴江很喜欢奶奶为她做的草鞋，鞋带还是用红色带子做成的。早苗穿了一件有白色小格子的衬里和服——素雅的图案可能更适合大学时期的女孩——但她不能不想到红色的内衬，并不时地低头去看。当她第一次试穿时，她的母亲就担心这件衣服太素了。

"衣服太素了会被别人笑话，但红色的衬里让它变得更好。早苗，你穿着它看起来很秀气。走路时衣服下摆不时闪现出红色衬里，太好看了。"

由于母亲非常欣赏这件和服，早苗也欣然接受了她的说法。早苗和琴江是仅有的两个穿着和服的人。琴江的和服和早苗的一样，一定也是她母亲穿过的。那是一个深色的带老鹰图案的粗绸和服。它没有被重新裁剪过，而是在肩部和臀部打了一些褶皱，看起来十分显眼。不过她最喜欢的还是她那双红色凉鞋。当孩子们经过竹林边的灌木丛时，琴江偶然想起了大石老师，并向对面的大松树村望去。

"小石老师!"

琴江偷偷地在心里喊着老师的昵称。小鹤走近她,好像已经听到了琴江的呼喊似的。

"你知道关于小石老师的消息吗?"

"什么消息?"

见琴江不知道,小鹤接着问早苗:

"你知道吗,早苗?"

"什么?"

小鹤从一个孩子看向另一个孩子,大声问道:

"你知道吗?关于小石老师的消息?"

消息总是从小鹤那里传来。孩子们立刻围住了她。小鹤得意扬扬地用她那双细长的眼睛盯着他们每个人。

"关于小石老师,有个好消息。"

她还在增之的耳边轻声说了些什么。就好像这只是增之和她自己之间的一个秘密。但增之兴奋地喊了出来:

"哇,她要结婚了!"

"然后,"小鹤故意在那里停顿了一下,暗示她还有话要说。

"蜜月……蜜月……好吧,反正他们去了……你们不想知道吗?"

"我当然想!"

"我也是!"

"K–O–M–P–I–R–A。"

"我明白了。他们去了金比罗神社。"

"对啦！"

他们兴奋地大喊大叫起来。六年级的男生们已经走在他们前面大约一百米了，听到笑声他们回头看了看，又继续往前走。五年级学生跟在他们后面，加快了步伐。但他们继续大声谈论着小石老师。他们得知婚礼是在两天前举行的，小鹤的父亲昨天带来了这个消息。增之认为，现在小石老师已经结婚了，她可能会辞职。小鹤也这样认为，并提醒其他人——从前的小林老师也是为了结婚而辞职了。增之第一个说她希望大石老师留下来。这一次，早苗和琴江都赞同。

"我们想再见到小石老师。"

早苗对小鹤说。

"嗯，什么时候再见啊。那个乌冬面的味道太好啦。"

琴江说。他们清楚地记得四年前发生的事情。突然之间，小石老师今天是否会在学校对他们来说成了一个严肃的问题。他们不自觉地加快了脚步。增之小跑着说：

"我们打赌吧？小石老师会不会在学校？"

"好的。你想赌什么？"

小鹤毫不犹豫地回答。

"如果你输了，你就……呃……呃……在你的手上打五下。"

森冈正说道。增之高高举起她的右手说：

"那我不怕输掉。我打赌她一定会来。"

"我也是。"

"我也是。"

最后，他们都认为小石老师一定会来，没有一个人赌老师不来。

离学校越来越近了，他们赌也没打成。作为新来的学生，五年级的孩子们在穿过学校大门时显得很紧张。然而他们抬头看了一眼，发现小石老师正从教员室的窗户看着他们。她向他们招手，让他们过去，孩子们立刻向她跑去。

"我一直在焦急地等待着你们，等一下。"

她边说边走出了办公室。她把他们领到河堤边，挨个地打量着他们，说：

"你们都长高了，很快就会赶上我了。天啊，小鹤，你要比我高了。"

她站在小鹤的身边。

"唉，你赢了。但我也没办法啊，谁让我是小石老师呢。"

大家都笑了起来。

"都是因为你们给我起了'小石老师'的绰号，所以我永远不可能成为大石。"

大家又笑了起来，没有人说话。

"你们真安静啊。你们现在是五年级学生了，怎么这么安静了呢！"

他们仍然只是笑着不说话，不知为什么，他们觉得大石老师看起来和以前有些不同。她的皮肤变得更加白皙，而且她身上有一股像紫罗兰的香味。他们知道那是新娘子的香味。

"老师，"增之最后说，"你要教我们音乐吗？"

"是的，但不仅是音乐，这次我是你们的班主任。"

孩子们高兴地大叫起来，开始毫无约束地说起话来，争先恐后地喊着"老师，老师！"吸引小石老师的注意力，向她讲述了海角村发生的事情，她的脑海中浮现出了大海的颜色以及那些在海角村发生的事情。

琴江的奶奶因为脑出血去世了。矶吉的母亲患了风湿病，一直卧床不起。早苗的额头擦伤了，那是前几天她和美沙子搂着对方的肩膀蹦跳时，从路上摔到了沙滩上。吉精家的三头猪得了猪瘟死了，他的母亲也卧病在床……

孩子们说起来没完没了。

小鹤紧紧抓住老师，摇晃着她。

"老师，你知道为什么仁太没有来吗？"

"哦，我还想问你们呢。他怎么了？他生病了吗？"

孩子们没有马上回答，而是互相看了看，笑了起来。大石老师也笑了，她突然想仁太一定又做了什么特别的事。

"他到底怎么了？他生病了吗？"

大石老师问早苗，但她没吭声，低下了头。

"他留级了。"美沙子回答。

"哦，真的吗？"

老师吃了一惊。小鹤仿佛在故意逗老师笑，她接着说：

"因为他总是流鼻涕。"

孩子们都笑了，但大石老师却没有。

"不是这样的。如果流鼻涕会留级，那你们在第一年结束时就会全部留级了。也许仁太生病了，请了长假或别的什么。"

"但男老师是这样说的。"小鹤解释说，"大家都是流着鼻涕长大的，但仁太都四年了还流鼻涕，所以他需要再读一次四年级。"

听到这话，孩子们都抽起了鼻涕。大石老师也不由得笑了，但她马上又显得很焦急。上课的铃声响起，她跟学生们分开，回到教员室。她心里还是惦记着仁太。

"可怜的孩子。"

她自言自语道。一想到仁太留级，而且还得和他的弟弟桑吉一起重新学习同样的课程，她就很沮丧。她想知道男老师是否真的说过关于流鼻涕的那句话。如果他真那样说了，并让仁太留在四年级，就好像让他一直流鼻涕似的。如果那个大男孩仁太的天真因此而消失，那将是他一生的不幸。今天仁太一个人被留在分校的孤独，深深地压在她的心头。那句话在她的脑海里不断地回响着。

每个人都是流着鼻涕长大的。

每个人都是流着鼻涕长大的。

但她仍然不明白为什么只有仁太一个人留级。

午饭后，大石老师到外面去找竹一询问这件事。她站在河岸边的柳树下，俯瞰着操场。她没有看到竹一，首先看到了松江。不知道为什么，她一个人无精打采地站在校舍的墙边。大石老师向她招了招手，她很快跑到了岸边。松江微笑着，她的眼睛和她母亲的一模一样。大石老师伸手把她拉上河堤，她腼腆的表情让大石老师更加想起了她的母亲。松江并不知道大石老师想问她关于仁太的事情，她急切地跟老师打招呼，仿佛她再也无法忍受自己的委屈。

"老师。"

"怎么啦？"

"呃，呃，我妈妈生了一个女孩。"

"真的吗？祝贺你！她叫什么名字？"

"嗯，她还没有名字呢。她是前天才出生的。明天，后天，大后天……"

她慢慢地用手指头数着。

"她将在两天后起名字。这次我应该想出一个好听的名字。"

"哦，那你已经想好了吗？"

"还没有，刚才有个好名字一闪而过。"

松江高兴地笑了起来。

"老师。"她又对大石老师说，好像她想谈别的事情。

"你看起来很开心，是什么事呢？"

"呃，妈妈说她能起床后会给我买一个新便当盒，就是那种盖子上有百合花图案的盒子。"

松江吸了口气，脸上洋溢着笑容。

"有百合花图案的便当盒？这太棒了！哦，你是想妹妹的名字就用百合花吗？"

"我还没想好呢。"

"嗯，快想想吧！就用百合花给她起名字。百合子？百合绘？我更喜欢百合绘。现在有太多的百合子了。"

松江点了点头，高兴地抬头看着老师。大石老师仿佛第一次看到了她眼里的温柔。她深情地看着她那被长睫毛遮蔽的黑眼睛。尽管担心仁太，大石老师还是感到很高兴。松江则比大石老师高兴好几倍，虽然她没有告诉大石老师在午餐时间，她因为用父亲的大便当盒而被小鹤和美沙子嘲笑。这就是她一个人待在外面的原因。但现在她已经恢复了平静，就像夏日早晨枯萎的小草随着露水的滋润而重新焕发活力一样。

一想到大石老师今天对她这么好，她就很高兴，并决定不向任何人提起这件事。然而，在那天回家的路上，她不经意间就提到了这件事。

"我妹妹叫百合绘怎么样？"

"百合绘？还是百合子听起来更好。"

小鹤反驳道。松江得意地挺了一下胸脯。

"但是大石老师说百合绘更好，因为用这个名字的人不多。"

小鹤装作很惊讶。

"什么！为什么是大石老师说的？我想知道。"

她用审视的目光盯着松江的脸。

"哦，我明白了。"

然后她把一直走在她身边的美沙子拉回来，对她低声说了一阵。然后又对富士子、早苗和琴江耳语了几句，并问道：

"你们也觉得是这样，对吧？"

然而，这三个文静的女孩都沉默不语，因此小鹤孤立松江的计划失败了。一直赞同她的增之今天去了她妈妈的餐馆，这对小鹤来说是件很不利的事情。小鹤告诉女孩们，松江一定是对大石老师阿谀奉承，才得到了特别的关爱。没想到她自己却被孤立了，小鹤很不开心，一个人默默地走在她们的前面。其他女孩们静静地跟在她身后。

当她们拐过一个弯时，小鹤突然站在了大家的面前，眼睛直盯着大海。其他人也如大雁追随，齐齐望向同一个方向。当小鹤再次开始行走时，其他人也跟了上来。但过了一会儿，由于她们的视线都集中在了海上，忘记了继续前进。

小鹤是从一开始就知道吗？还是她和她的朋友们一样刚刚注意到了这一点？在春季平静的海面上，一艘渔船飞速行驶着。两个半裸的男人，头上围着手巾，正在用尽全力划船，匆匆驶向海湾对面的小镇，船桨在后面留下了一条宽宽的白色泡沫带。

女孩们把她们的争吵抛之脑后。

"那是什么？"

"是谁的家人出了事吗？"

她们互相看了看。从船后不断出现的白色泡沫带判断，海角村一定是发生了什么大事。她们看到船舱里铺着被褥，有人躺在上面，一定是有人突然生病了。

但这艘船开得太快了，根本不可能看清谁在船上。这一切就像一个瞬间的梦，只留下一个飞鸟的影子，但她们都知道这不是一个梦。孩子们想到了海角村过去发生的紧急事件。每一两年就会有患重病的人被送到镇上的医院。有一次，大石老师也被送到了那里。那么，今天的病人是受伤了还是得了急性阑尾炎？

"究竟发生了什么事？"

"我想知道是否有人得了阑尾炎。"

男生们已经追上了女生，大家站在一起讨论着各种可能性。女孩们保持安静，听着男孩们说话。与此同时，松江想起了早上离家时母亲的样子。一瞬间，她心里忐忑不安，仿佛有一个黑色的阴影笼罩在她的心头，但她极力打消这个念头，告诉自己这是不可能的。然而，当她一想到母亲喊头痛，把手巾紧紧地缠在头上，还有她额头上那深深的皱纹，那种不安就又涌上心头。

一开始，她曾要求丈夫不要去上班，但他一天都不能耽误工作。

"让松江留在家里。"

父亲这么一说，她的母亲也就不再提了，她对松江说：

"今天是开学的第一天，你去吧，放学早点回家好不好？"

松江一想起这件事，心跳就开始加速。不知不觉间，她已经跑在了其他人的前面，大家在后面追着她。松江跑啊跑啊，直到她累得差点摔倒。当她走到能看到一排排村屋的地方时，她气喘吁吁了，膝盖也在颤抖。杂货店是离她家最近的房子，她的家就在杂货店的后面。当她看到婴儿的尿布在空中飘扬，她松了口气。那种如释重负的感觉让她差点哭出来。但下一刻她的心脏几乎停止了跳动，因为她发现在井边的人不是她的母亲，而是杂货店的老板娘。她像块石头一样跑下山，冲进家里，并以同样的速度冲进里屋。她的母亲应该在那里，但她不在。

"妈妈！"

没有人回答。

"妈妈！"

她含泪喊道。在杂货店的方向，传来了婴儿的哭声。

"哦！妈妈！妈妈！"

她拼命地叫着，声音响彻了天空，响彻了大海。

六　螃蟹和月亮

　　五年级的教室紧挨着新建校舍的入口处。从临河的窗口向外看，外面是一块狭窄的三角形空地，空地之外是垂直于河床筑起的高高的石堤。为了防止意外发生，人们修建了离地三尺的堤岸，但这并没有达到目的，因为即使在短暂的课间休息时间，孩子们也可以随意地沿着石堤爬到河边，其中大多是男孩子。

　　涓涓的河水很干净。它起源于山里，上游没有人家，一路缓缓地流向学校，仍然保持着令人惊讶的寒冷和纯净。孩子们光是用手脚接触河水就已经心旷神怡了。就是在这里，溪水被触碰，被打断，变得不纯净起来。自从有人散布谣言说周围有鳗鱼，孩子们的热情就集中在河床上。每天岸边的观众和河里的渔民之间争吵不断。孩子们翻动河床上的石头，寻找从未捕获过的鳗鱼，他们所能找到的只有螃蟹，但看起来还是很有趣。因此，渔民数量和观众日益增多。水深只到脚踝左右，玩起来并不十分危险，所以大石老师很宽容地看着孩子们。

　　"大石老师，我给你抓了一只小螃蟹。"

　　森冈正向她伸出手臂，手里握着一只螃蟹，螃蟹的腿上长着粗毛，呈保护性的泥褐色。

"我可不想要那个东西。"

"这是能吃的。"

"我不想吃。如果我吃了它，我的腿和胳膊上就会长出毛来。"

河床上和岸上传来一阵阵笑声。不用说，站在窗边的大石老师也笑得很开心。然而直到刚才，她看着户外情景的心情还和现在截然不同。不知不觉间，那些来自海角村的孩子们也聚到河里和堤岸上，但他们中间却没有松江的身影。这个女孩的身影不时地浮现在她的脑海中。

自从松江的母亲去世后，她就再也没有在教室里出现过。她在窗边的座位，从前面数第三排的座位已经空了两个月了。大约在她母亲去世一个月后，大石老师去了松江的家。她记得女孩在上学的第一天对她说的话，并把一个印有百合花图案的便当盒作为礼物送给女孩。那天，她的父亲川本木匠正好在家。他哭着告诉老师，只要小孩活着，他就不能把女儿送到学校。他的理由是如此的无可辩驳，以至于大石老师无法再逼迫他，只能默默地看着松江。松江也一言不发，背上背着一个小婴儿，一脸茫然地坐在她父亲的身边。她的眼睛似乎肿了，眼神空洞洞的，仿佛她的思想已经麻木了。大石老师把便当盒放在她的腿上，说：

"小松，这就是你要的百合花便当盒，等你能来学校时再用它吧。"

松江面无表情地点点头。

"我希望你能尽快到学校来。"大石老师被自己的这句话吓到了。

这不是意味着她希望小孩早些死去吗？她不由自主地红了脸，但松江和她的父亲似乎并没有在意，眼睛里流露出感激的神情。

过了一段时间，大石老师得知那个小孩死了，她为松江的境况松了一口气。但这个女孩仍然没有来上学。大石老师向增之和琴江询问关于松江的情况，但她们也不太清楚。最后她给松江写了一封信。那大约是十天前的事了。

亲爱的松江：

我听到了你妹妹百合绘的消息，真的很不幸。但我们已经不能再为她做任何事了。我们现在能做的，就是把她珍藏在心里。请振作起来。你什么时候回学校？看着你空着的座位，我每天都会想起你。

请尽快回到我们身边，小松。来和我们一起学习吧。

大石老师让住得离松江家最近的琴江来送这封信。她知道自己在信中对松江提出了不可能实现的愿望。即使小百合绘死了，这个女孩仍然还有一个弟弟和一个妹妹。虽然松江刚刚升到五年级，在心理和生理上仍然是个小孩子，但她不得不承担所有家务。尽管她可能不喜欢这份工作，但也没有办法。为了使她的父亲能够去工作，小松江必须每天洗衣做饭。

大石老师的眼前时常浮现出这三个可怜的孩子像小鸡一样等待着他们的父亲归来时的凄凉景象。虽然法律规定这些孩子应该被送到学校，但没有保护他们的措施。

在大石老师寄出信的第二天，琴江一见到她就向她汇报：

"老师，昨天我拿着您的信去小松家的时候，有一个我从未见过的女人。我问她松江在家吗？她说不在。所以我不得不把信交给她，请她把信交给松江。"

"我知道了。谢谢你。小松的父亲在家吗？"

"我不知道，我没看到他。那个女人脸上涂了粉，而且她穿着一身漂亮的和服。小鹤说她可能是小松的新妈妈。"

琴江羞涩地笑了笑。

"如果是真的，小松就可以来上学了。"老师说。

又过去了十多天，仍然没有见到松江来学校。大石老师很想知道那个女孩是否读过她的信。她焦急地看向窗外，孩子们正在抓螃蟹。森冈正得意扬扬地走上堤岸，手里拿着三只小螃蟹，放在一个空罐子里。随着夏天的到来，三角形空地上的杏树长着茂密的绿叶，在堤岸上投下了巨大的树荫。来自海角村的女孩们聚集在树下，迎接螃蟹英雄。她们争先恐后地问森冈正。

"丸子，给我一只，好吗？"

"也给我一个吧。"

"我也要一只。"

"你早就答应了我的。"

只有三只螃蟹，却有四个女孩要。森冈正一边爬上堤坝，一边思考怎么办。

"你们要不要吃掉它们？"

他环视着每个女孩。他想他会把螃蟹给那些愿意吃的人。小鹤抢先回答：

"我当然要吃。月夜的螃蟹好吃，你知道的。"

森冈正对此咧嘴一笑。

"你这个骗子！月夜后的螃蟹才好吃。"

"胡说！月夜的螃蟹好吃。"

"我从来没有听说过这个。难道你不知道螃蟹会变瘦，而且在月夜之后就不好吃了吗？"

森冈正很自信地说。但小鹤不服输，模仿他的语气。

"我从来没有听说过这个。难道你不知道月夜的螃蟹很好吃吗？我要吃下试试，把它们都给我吧。"

"不，这些河蟹吃不出来。你必须吃海蟹。"

这种说法让女孩们陷入了一片哗然。增之、小鹤和美沙子一起问窗边的老师。

"老师，月夜蟹和暗月蟹哪个好吃？月夜蟹好吃，是吗？"

"嗯，我想暗月蟹好吃是对的。"

男生们高兴地喊了起来。

"你们看！我们说对了！"

"但我不确定。也许月夜的是对的。"

老师笑着说。

女孩们高兴地举着双手跳了起来。当然，没有人是认真的。她们只是喜欢以这种方式引起喧哗。然而，只有森冈正认真地抬头看着老师。

"老师，你疯了吗？"

女孩们再次掀起了巨大的喧哗声。

"你说老师疯了？"

"哎呀，他说老师是疯子！"

森冈正挠了挠头。但当其他人都安静下来后，他像以前一样认真地对大石老师说。

"这是有原因的。螃蟹是愚蠢的，在有月光的夜晚，它们把自己的影子误认为是鬼魂，它们很害怕，因此会变瘦。但在无月的夜晚，没有任何阴影，它们就不害怕，会变得肥胖起来。所以在有月光的夜晚螃蟹被网住，我们就放它们走。因为它们很瘦，味道也不好。如果在没有月亮的夜晚，它们就会变得很肥很美味。这都是真的，如果你不相信我，你最好试试。"

"好吧，那我们都来试试吧。"

大石老师开玩笑地回答着森冈正，从而结束了此事。

然而两天后，森冈正真的带来了在一个月夜之后捕获的海蟹。当第一节课开始时，他拿出了他的葫芦形篮子。

"螃蟹，老师。月夜的螃蟹，薄而无味。"

这些螃蟹是他那天早上才抓到的，还活着。它们在篮子里沙沙作响。学生们都笑了起来。

"你真的把它们带来了吗，丸子？"

老师微笑着接过篮子。螃蟹在篮子里爬来爬去，发出了窸窸窣窣的声音，仿佛在拼命反抗自己被抓的命运。两只螃蟹的一只大爪子不知何时被扯掉了，看起来惨不忍睹。它们口吐白沫，举起另一只爪子，好像要咬住所有可能靠近它们的人。

"好可怜！我要吃它们吗？"

"当然，这是你的承诺。"

"要不放了它们吧。"

"不，你说好了的。"

森冈正转过身来，征求同学们的同意：

"对吗？"

男孩们兴奋地拍起手来。

"那这样吧。我一会儿请工友将它们煮熟，在今天的科学课上，我们研究一下它们，然后再写一篇关于螃蟹的作文，怎么样？"

"好！"

"好的！"

学生们都表示同意。篮子挂在窗边的钉子上，上课时螃蟹不断发出沙沙的响声，逗得孩子们哈哈大笑。

下课后，大石老师把篮子从钉子上取下来，朝同事的房间走去。小鹤和琴江似乎有什么话要说，跟在她身后。

"老师，"当老师转过身来时，他们说，"小松……"

"小松？"

"是的，她昨天晚上坐船去了大阪。"

"哦，不！"

老师不由自主地站在了原地。琴江抬头看着她说：

"她被她的亲戚收养了。"

"这是真的吗？"

"家里就剩下她爸爸和哥哥了。"

"那小松开心吗？"

琴江默默地摇了摇头。小鹤替她说：

"小松说她不去，一开始紧紧抱着门柱哭。她的父亲不知道该怎么做。他试图说服她，但她仍然紧紧抓住门柱不放。所以他最后用拳头打松江的头和后背。小松大声号叫，没有人知道该怎么办。最后，杂货店的老板娘来劝她，小松才屈服了。大家都为她感到难过，和她一起哭了起来。小松没有对任何人说话。对不对，琴江？后来……"

说到这里，小鹤呆住了。因为大石老师突然用她的手帕捂着脸抽泣了起来。不知道什么时候，早苗和增之也走了过来，她们伤心地看着老师手里拿着篮子，低着头用手帕捂着眼睛。她们也流下了同情的泪水。

在这之后的一段时间里，松江的座位，即前面靠窗的第三排座位一直空着。

有一天，同学们看到大石老师默默地坐在松江只坐过一天的位置上。不久，教室里的座位被重新调整了一次，松江的座位换成了一个男孩。从此再也没有听到松江的消息了。大石老师不再问，学生们不再说，松江也没有写信来。

似乎每个人都已经忘记了，松江——那个五年级的女孩，甚至没有说声再见就消失了。

三月初，孩子们马上要升入六年级了。春天就要来了，但奇怪的是，那天却下着雪。大石老师错过了公共汽车，不得不乘坐较晚的一辆。她甚至没有撑开她的雨伞，就从公共汽车站跑到学校，匆匆忙忙地进入了教员室。教员室里的气氛让她停下了脚步。她看了看周围的十五位老师，他们的表情看起来都很焦虑，好像在担心什么。

"这是怎么回事？"

她问她的同事田村老师。田村老师像是在劝她别出声，用下巴指着后面的校长室，小声说道：

"片冈先生被警察局带走了。"

"哦，不！"

田村老师再次快速摇头，告诫大石老师要注意安静。

"现在警察都在呢。"

田村老师对着校长室眨了眨眼，然后低声说，直到刚才一分钟之前，他们一直在搜索片冈先生的桌子。大家似乎都不知道到底发生了什么事，只是默默地坐在火炉周围。直到学校的铃声响起时，他们走到大厅，才能再次自由呼吸。大石老师和田村老师一起走进大厅。

"怎么了？"

大石老师急切地问。

"他们说他是共产党。"

"共产党？怎么会？"

"我也不知道为什么。"

"为什么说他是共产党？"

"你问我，我也不知道。"

她们到了大石老师的教室，两人微笑着分开了，不过心里都有了沉重的负担。在他们看来，仍然有一些事情需要讨论。学生们显然还不知道发生了什么事，可能是下雪的缘故，他们看起来比平时更加开心。大石老师试图集中注意力上课，但自从她五年前开始教书以来，上课的时间从未显得如此漫长。当她下课回到教员室时，发现老师们都松了口气。

"警察已经走了。"一个师范学院毕业的年轻单身男老师笑着说，"这证明了真诚永远不会有回报。"

"你这话是什么意思？"大石老师问，"像个老师说的话吗？"

田村老师戳了她一下，让她不要说话。

副校长进来了，解释了相关情况。他说片冈先生只是去当证人，很快就会回来，因为校长已经去接他了。他说问题的关键人物不是片冈先生，而是一个叫稻川的人，他是附近镇上一所小学的老师，他向班级里的学生宣传反战思想。片冈老师被调查是因为他是稻川老师在师范大学的同学，但他被免除了怀疑。也就是说，警察局无法找到相关证据。他们所说的"证据"，是稻川先生的六年级学生所写的题为《草实》的作文集。警方在片冈先生的家里和学校都没有找到该文集的副本。

"我也看过《草实》，那怎么会是共产党的证据呢？"

大石老师疑惑地问。副校长笑了。

"所以说老实人要吃亏，如果警察听到你这样说话，他们也会给你贴上共产党的标签。"

"太奇怪了。你知道，我非常喜欢那本小册子中的一些作文，还曾经在课堂上读过几篇给学生们听。"

"危险，危险！你是从稻川先生那里拿到的小册子吗？"

"没有，我只是看了寄到学校的那本。"

副校长立刻慌乱起来，急忙问道：

"它现在在哪里？"

"在我的班级里。"

"马上去拿，好吗？"

那本油印的小册子立即被放在火炉上烧掉了，仿佛它已经被瘟疫或什么东西污染了，褐色的烟雾升到了天花板上，从微微打开的窗户里飘了出去。

"哦，也许我应该把这个交给警察，而不是烧掉它。但这么一来，大石老师可能会被带走的。总之，我们要保持忠诚爱国的态度。"副校长说。

大石老师默默地看着烟雾飘远，仿佛没有听到他的话。

第二天，报纸以《腐蚀纯真心灵的赤色教师》这样醒目的标题报道了稻川先生的案件。这让大家很震惊，仿佛被人用锤子敲了一下头。据说深受学生欢迎的稻川老师突然被贬为叛徒。

"太可怕了！我们现在最好老老实实的吧。"

上了年纪的副教导主任嘀咕道。其他老师没有说他们的想法或他们的感受。大石老师反复阅读报纸上夸张的文章，其中写有稻川老师的学生们成群结队地走到警察局，每人都从家里带来了一个鸡蛋，要求把鸡蛋交给在寒冷的拘留室里的老师。

今天回到学校的片冈老师就像突然变成了英雄一样，被问得满头是汗。到处有人问他"怎么样"。

片冈老师揉了揉一天就变得凹陷并留有胡须痕迹的青黑色脸颊，回答道：

"太可怕了！现在想想简直是天方夜谭，他们却差点给我贴上共产党的标签。他们说我参加了四五次稻川的聚会，读过小林多喜二的作品。我说我不知道这个人，他们就骂我是混蛋，我一定在最近的报纸上看到过关于他的消息。这提醒了我。前一段时间好像有个小说家病死在监狱里。"（实际上他是被折磨致死的，但报纸上却报道说他死于心脏病。）

"哦，是的，我记得。他是一个红色小说家。"

年轻的单身教师回答道，片冈老师接着说。

"警察从稻川那里没收了很多关于无产阶级的书籍。他从大学时代起就喜欢读书。"

在那天的日语课上，大石老师大胆地问了一些话，因为她确信学生们已经知道《草实》和稻川老师的事情了。

"都有谁家里订阅了报纸？"

四十二个学生中约有三分之一的人举起了手。

"有谁读过这些报纸？"

只有两三个人举手。

"那谁知道共产党是什么意思？"

没有人举手。他们互相看了看，从他们的表情上看好像是知道，但又不知道具体怎么说。

"有谁知道无产阶级是什么意思吗？"

没有人知道。

"那资本家呢？"

"我知道。"

有学生举起了手。当被叫到的时候，那个学生说：

"他们是有钱的人。"

"好，也算答对了。那什么是劳动者？"

"我知道。"

"我知道。"

大多数学生都举起了手。这是他们根据自己的经验唯一可以自信回答的问题。在这方面，大石老师也没有什么不同。如果有学生问她其他问题的答案，她会说：

"我也不太清楚。"

无论如何，五年级的学生还太小，无法真正理解这些东西。紧接着，大石老师被告知不要谈论这种事情。肯定有人把那次无心的讨论告诉了校长，因为校长打电话警告了她。

"请小心，"他说，"你知道，我们现在必须管住自己的舌头。"

他没有采取任何进一步的措施，可能是因为他喜欢老朋友的女儿。但这件事，加上《草实》一案，让原本快乐的大石老师感到十分沮丧，这种情绪一直伴随着她，而且随着时间的推移变得更加明显。

与此同时，大石老师的学生升入六年级。那年秋天，考虑到当时世道不好的情况，他们决定去金比罗宫旅行，那里比以往去的伊势宫更近一些。但仍有不少人去不了，因为乡下的人都很节约。后来一些家长同意了，条件是孩子们不在旅馆过夜，而且要带三份便当随行。即使这样，两个班80名学生中，只有大约60%的学生可以去。尤其是来自海角村的孩子们直到很晚才作出决定。他们了解了彼此的情况，然后告诉了大石老师。

"老师，松鸡不能去，因为他晚上会尿床。"增之说。

"但是，这次我们不会在旅馆过夜。我们会在早上坐船过去，然后坐晚班船回来。"

"但早上的船在凌晨四点就出发了，在船上要睡着的。"

"也许会，不过只有两个小时的行程，你们都会兴奋得睡不着觉。你为什么不去，增之？"

"因为我怕感冒。"

"真是个被宠坏的孩子啊！"

"我父母会给我存下两倍于旅行费用的钱。"

"他们会吗？钱可以以后存，现在你最好让他们拿出点钱送你去旅行。"

"但我害怕发生意外。"

"怎么会，如果我们害怕感冒或意外，我们就都不去旅行了。"

"你们最好都不去。"

"哦，这根本不可能。"

大石老师强颜欢笑。

"大石老师，这次我不去了，我已经坐我父亲的船去了三次金比罗了。"

森冈正说。

"你父亲是渔民，所以你每年都有机会去那里。但这次很特别，所以一定要和我们一起去，你将来肯定会认为这是一次最有意思的旅行。"

小鹤也不去，富士子也不去。小鹤说：

"老师、老师，富士子的家里欠了很多债，她怎么可能去参加旅游呢。她家的大房已经抵押了，整个房子里已经没有什么东西可以卖了。"

"不要说这样的话。"

大石老师拍了拍小鹤的后背。小鹤吐了吐舌头。

"你这个淘气的孩子！"

在小鹤说这些话的时候，大石老师想起了富士子的家。早在她第一次被分配到海角村的时候，就听说这套房子随时可能被转手给别人。她想起了那个仓库，北面的灰泥已经完全脱落了。出生在这个破落家庭的富士子很文静，性格沉稳，很符合她家庭的情况。她很少哭，也很少笑。例如，每当小鹤公开谈论她的坏话时，她就会冷冷地盯着她，其他人都没有勇气这么做。她有一个绰号叫"烂鳊鱼"，这源于她父亲最喜欢的一句谚语："鳊鱼是鱼中之王，即使它已经腐烂。"但她似乎并不十分在意。

小鹤却是个直爽的人，她爱说别人的坏话，也不介意别人批评她。她的家人都以辛勤工作为荣，并且保持着诚实和坦率。小鹤有一个绰号叫"吊眼皮"，因为她的眼皮上曾经长过一个疖子，留下了一个小痕迹。一般的孩子，尤其是女孩子，如果被人戏称为"吊眼皮"，肯定会哭。但小鹤不同，她会毫不羞涩地回答，仿佛这关系到其他人：

"不要滥用这个名字，这是一双非常特别的眼睛。"

也许她是从她的父母那里学到了这种说法。

说起这次不能参加旅游的原因，她也坦率地告诉老师。

"我爸爸从互助融资协会借了钱，买了一艘大船。所以我们必须节约。我决定等我长大了可以自己挣钱的时候，再去参观金比罗。"

小鹤就是这样的女孩，即使别人告诉她不要这样做，她也会打探别人家到底有没有钱。例如，她会说美沙子不去是因为她的家人太小气了，而且琴江和早苗不可能去，因为他们的兄弟姐妹太多了。

然而，在出发前两天，参加人数突然增加，除了增之，海角村的孩子们都去了。

这一事件的发生是由于沉默寡言的吉次拿出了他在森林里砍柴挣来的钱报了名。矶吉立即效仿，他也拿出了自己通过卖豆腐（生的和炸的）赚来的钱。矶吉都去了，森冈正和竹一怎么能待在家里呢？森冈正想到了他通过帮助拉网赚来的钱。竹一说他会用卖鸡蛋赚来的钱。他们生活在一个非常节俭的村子里，根本没有想过要把他们的积蓄拿出来去旅行。森冈正的父母告诉他，他不需要这样做，但他坚持要和竹一一起去邮局。

男孩们做出这个决定后，女孩们也必须做点什么。美沙子的家庭条件最好，她邀请了富士子，因为她们的母亲是好朋友。富士子的母亲瞒着她把一个镶着珍珠母砚的砚台盒送到了美沙子家。这样富士子就可能参加旅行了。

小鹤听说这两个女孩要去旅行时，顿时忍耐不住了，马上跟母亲大惊小怪起来。

"小美和富士子都要去旅行。你一定要让我也去。"

小鹤是认真的，她跺着脚哭了起来，直到她细长的眼睛变得更窄、更肿了。她的母亲笑了，眯起了和小鹤一样的眼睛，说出了一个困难的提议。

　　"小美的家很富有，而富士子的父亲，毕竟以前是个大家族，我们不能跟他们比。但是，如果琴江要去，我们也让你去，去看看她吧。"

　　她之所以这样说，是断定琴江不可能去。但小鹤迅速地跑开了，回来后笑着说。

　　"琴江要去。"她气喘吁吁地说。

　　"你确定吗？"

　　"是的，她妈妈在家，她告诉我的。"

　　这听起来不可能是真的，以至于小鹤的母亲心存疑惑，要去琴江家确认一下。她怀疑小鹤这么主动，可能是她说服了琴江和她的家人了。

　　"小鹤没有劝说你，是吗？"她探寻地问。

　　琴江的母亲和其他渔民一样，脸都被太阳晒伤了。她咧开嘴笑了，露出洁白的牙齿。

　　"这种机会一生只有一次。我们让她们去吧。琴江总是帮忙照顾弟弟妹妹，也非常辛苦，你知道的。"

　　"我们家小鹤也一样。但是，你打算给松江穿什么衣服去呢？"

　　"我决定给她买一件水手服。"

"不过，水手服很贵。"

"这次别再犹豫了。也给小鹤买一件吧。她的姐妹们以后也可以穿。"

"嗯。"

"早苗也会有一件水手服。所以你最好给你女儿买一件。"

"知道了。早苗也是这样的话，小鹤当然也不甘心。去吧，我们只能当点东西送她去了。"

事情的经过就是这样。然而，在出发那一天，早苗却说不去了，因为她"有点感冒"。

但实际上她既没有喉咙痛，也没有鼻塞，而是她母亲的钱出了问题。她去卖她的珊瑚簪子为女儿筹钱，但她没能以她所想的价格卖掉。因此她无法给女儿买一件水手服。她不停地咒骂着这个不停压价的二手商，却对早苗很温柔地说：

"要不穿和服去？"

早苗快要哭了。

"要不我把姐姐的漂亮和服收下腰身？"

母亲再次问道，早苗没有说什么。

"如果你不想成为唯一穿着和服的人，就不要去。要么去旅行，要么我给你买水手服。"

早苗流下了眼泪，她紧闭颤抖着的嘴唇。她实在无法决定选择哪个。但是，当她看到母亲为难的泪水时，她就下定了决心。

"我不去旅行了。"

这些事情的来龙去脉谁都不知道，一行六十三人踏上了游学之旅。有两名男教师和两名女老师陪同，其中当然也包括大石老师。凌晨四点上船后，没有一个人想睡觉。在喧闹声中，大家唱起了《乘船去金比罗》。

与此同时，大石老师独自坐在一边，陷入了沉思。早苗的事情在她的头脑里挥之不去。她想知道，早苗真的感冒了吗？

除了早苗，还有十多个孩子由于各种原因没有去旅行。大石老师特别担心早苗，可能因为她是海角村唯一没有来的人。（增之不再是海角村的人了，因为她六年级就已经跟父母去了城里。）当大石老师想到今天只有早苗一个人沿着那条海角小路去上学时，她就为不能叫停今天的课程而遗憾。当然，她也很同情那些在没有老师的教室里学习的学生。

大家从多度津乘坐首班火车去了金比罗。游览中，有些人满头大汗地爬上长长的石阶，再次唱起《乘船去金比罗》。在去屋岛的火车上和大家所乘坐的缆车上，大石老师一直瑟瑟发抖。她的膝盖就像被泼了一盆冷水，浑身难受，失去了欣赏秋景所需的平静心情。她慢慢地走进纪念品商店，买了几套一模一样的明信片，因为她想给没有来旅行的学生带点礼物回去。

离开屋岛后，一行人到了高松，这是旅行的最后一站。当大家在栗子林公园吃第三顿便当时，大石老师没有动自己的大部分食物，而是让其他人分着吃完。直到那时她才意识到，午餐的便当都能让她心烦意乱，并为能够分配它而感到欣慰。

暮色渐浓，她和其他人一起穿过高松的街道向港口走去，迫切地渴望回到家中躺下来歇息一下。田村老师对她说：

"大石老师，你看起来脸色苍白。"

这个警告让她更加害怕。

"不知怎的，我感觉自己很累、很冷。"

"很糟糕！你吃药了吗？"

"我刚才服用了清凉丸。"大石老师说着，自己笑了起来，"我最好别再让自己着凉了，还是吃点乌冬面什么的吧。"

"是啊，我跟你一起去。"

然而身边都有学生，于是决定先把学生们送进码头的候船室。她们跟男老师说了几句话，就一前一后地离开了。为了不引起学生的注意，她们从街道拐进后巷。小巷两旁是一排排的纪念品商店和餐馆，每间屋檐都很低矮，屋檐下挂着一盏大灯笼。灯笼上用粗重的字写着：乌冬面、寿司、清酒、海鲜，等等。

在路过一家小天花板上装饰着适合这个季节的人造枫叶的餐厅时，田村老师问道：

"大石老师，听说面馆里的乌冬面可以治感冒，要不要来一碗？"

大石老师刚要说"好"的一瞬间，就被一个年轻女孩活泼而富有穿透力的声音"来一份天妇罗！"吓了一跳。

那个声音回荡在她的心中，她差点叫出声来。声音是从一个门面挂着绳帘的餐厅传出来的，这在当地很少见。大石老师不由自主地往里看，发现了一个梳着裂桃式发髻，上面插满了亮晶晶的簪子和假枫叶的女孩。她站在那儿，双手插在围裙里，一脸认真地面对着街道。大石老师注视着她，女孩显然把老师们当作了顾客，用同样具有穿透力的声音喊道：

"欢迎光临！"

这是一个已经把这种工作视为理所当然的女孩发出的喊声，声音里没有半点疑虑。日式发型和成人和服让她看起来不一样了，但长长的睫毛却骗不了大石老师的眼睛。

"松江！你不是小松吗？"

女孩对进来的顾客所说的话感到非常惊讶，她屏住呼吸，退后一步。

"你没去大阪吗？你一直都在这里吗，松江？"

当大石老师凝视着她的脸时，松江开始哭泣，仿佛她终于想起来了。老师不由自主地搂住松江，把她带到绳帘外。老板娘从后面冲了出来，木屐发出急促的咔嗒声。

"你是谁？我不想让你在我没有同意的情况下带她出去。"

老板娘感到疑惑。这时松江开口了。为了消除老板娘的怀疑，她低声对她说道：

"老板娘，她是大石老师。"

最后，大石老师也没有吃上一碗热气腾腾的乌冬面。

七　展翅高飞

从这次旅行开始，大石老师的身体就不太好。她因病缺课近二十天了，第三学期刚开始不久的一天早上，她收到了一张明信片。

亲爱的大石老师：

你好吗？每天早会的时候，我都会想起你，担心你的身体。小鹤和富士子说，如果没有你，她们就不想学习。男生也这么说。祝你早日康复，早日回到学校。海角村的所有学生都为你担心。小夜奈良。

这封信充满了海角村孩子们对老师的爱，大石老师的眼里噙满了泪水，但信末那句"小夜奈良"却让她笑了起来。

"你看，妈妈。最近似乎很流行这种用文字游戏说'再见'。"

她一边说，一边把信拿给刚刚送早餐进来的妈妈看。

"对于六年级学生来说，她的字写得很好了，不是吗？"

"是的，她是我的班级中学习最好的。我想她最终会去师范学校，但她有点安静。就她现在的样子来看，我不知道她能不能成为一名好老师。"

大石老师焦急地说。她在为平时不喜欢表达自己的早苗担心。

"可你自己以前也是个安静、不善交际的孩子，直到六年级你忽然变了。现在看看你自己变化多大！"

"我有吗？我有那么多话吗？"

"如果你不爱说话，就不可能成为一名教师了。"

"是的。这就是为什么我想知道早苗能不能在一个班级面前讲话。"

"想想你自己。以前你甚至没有胆量在别人面前唱歌，你还记得吗？现在不是做得很好？"

"是呀，跟小时候相反，我现在很喜欢唱歌。"

"也许是独生女比较腼腆吧。那个女孩也是独生女吗？"

"不是。他们兄弟姐妹六个，她排在中间。她的大姐是一名红十字会护士。我听说，有一次早苗在作文中写道，她想成为一名老师。课堂上我问她问题时，她通常不回答。但当她写作文时，一般都写得很好，像个成年人写的。当时，她写道：'从现在开始，女孩子应该有职业。否则，就像我的母亲一样。'她的母亲似乎过得很艰难。"

"那个女孩很像你。"

"但是，我小时候就告诉每个人我想成为一名老师。早苗并没有说出来她的想法，总是躲在别人后面，但她写作文非常好。"

"人有各种类型。不过，从这张明信片的内容来看，我不认为她是特别腼腆的女孩。"

"也许你是对的。还有这个'小夜奈良'。真是太有趣了。"

早苗的明信片引起了一场热烈的讨论，大石老师不知不觉中吃了比平时更多的早餐。饭后，她又凝视着那张卡片，就像在照镜子一样入了迷。很快，她的学生们一个接一个地闪现在她的脑海中。

首先，她想知道那个梳着裂桃式发髻，大声喊着"一个天妇罗！"的松江过得怎么样。大石老师记得那个码头附近的餐馆的名字是"岛屋"，并在回家后给她写了一封信。但没有收到回信。也许松江不知道如何写信，因为她只上过四年学。也可能是她没有收到信。

那天晚上，他们到了高松，老板娘一开始还有些怀疑，但当她知道他们是谁后，就变得热情起来。

"是吗？很高兴你能来。请坐。"

她带老师们进来，并在一条铺着垫子的窄长凳上给他们放好了小垫子。然而说话的只有老板娘，松江只是静静地站着。当大石老师发现她的几个男学生聚集在餐厅门前，并透过绳帘向内张望时，她不得不站起身来。

"我会再见到你的。恐怕我们的船很快就要来了。"

大石老师起身告别，但松江并没有跟出来送她。也许是她没有得到允许。大石老师很快就走了，故意不回头看松江一眼。学生们紧随其后，每个人都以自己的方式向她询问。

"那个女孩是谁，大石老师？"

"是你的亲戚吗？"

这些男孩都不是海角村人，也许正因为如此，他们才没有认出只上过一次校本部的松江。大石老师为松江着想，她很庆幸自己没有把这个女孩带到街上。直到今天，大石老师一想起松江，心里还是有些沮丧。她的学生都是同一年出生的，同在一个地方长大，进入同一所学校，但彼此的境遇却已经产生了巨大的差异，等待着松江的将会是什么样的未来呢？

她因为母亲的死亡而被扔进了一个陌生的、不可预测的环境中。和她一起长大的孩子已经在用自己的方式为未来展翅高飞做准备。当大石老师让他们写下他们各自的理想时，早苗使用了这种特殊的表达方式，把理想写成了"教育家"，而不是像普通孩子那样写成"老师"。从这个细微之处可以看出，这不是一个单纯的梦想，而是一个严肃的决定。现在大家都是六年级学生了，他们开始全力以赴地振动着他们稚嫩的天使之翼。

增之的理想与众不同。有一次在学校的学艺会上，她唱了《废墟上的月亮》，她的歌声让全校师生赞叹不已。她一有时间就唱歌，而且唱得越来越好。她有音乐天赋，自己看乐谱就能够唱出来，这对一个乡下孩子来说是相当难得的成就。她的梦想是进入一所音乐学校学习唱歌，因此她想先上女子中学。

美沙子也准备进入女子中学。她的学习成绩不是很好，放学后不得不补课学习，这让她很沮丧。她缺乏理解或记忆算术基础知识的能力。不过，她很清楚这一点，她更愿意去一所不进行任何入学考试的缝纫学校。但她的母亲不愿意听她的想法。结果这个可怜的女孩看起来一天比一天忧郁。她的母亲希望不惜一切代价把美沙子送进县立中学，经常去学校督促她学习。显然，她相信自己的热情可以提高她女儿的学习能力。但女孩自己却拒绝合作。她曾说："我一看到数字就会头疼，我怎么能参加考试呢？当考试的那天到来时，我会生病的。"

她知道自己考不上，因为她的算术不好。在这方面，琴江与她正好相反。虽然她家里没有人能够帮助她，但她在数字方面确实有很强的天赋，就像增之在音乐方面的天赋一样。她的算术总是得满分。在其他科目中，她的分数也是仅次于早苗的。她本来可以顺利地进入高中，但听说她读完六年级就不再上学了。不管她是否对自己的命运感到不甘心，她似乎并不羡慕别人。

大石老师曾经问过：

"你是否决定在今年之后就不上学了？"

她点了点头。

"不过你喜欢上学吧？"

琴江再次点了点头。

"那就上一年的高等科吧。"

女孩仍然沉默不语，低着头。

"要不要我跟你父母谈谈？"

琴江终于开口说话了。

"但现在一切都已经决定了，我答应了。"

她脸上带着凄凉的微笑说。

"什么样的承诺？你向谁承诺了？"

"对母亲。我答应今年年底就不上学了，她才让我去完成那次旅行的。"

"这很难办啊？即使我问她，你也不能违背你的承诺吗？"

琴江摇了摇头，喃喃地说：

"不，我不能。"

然后她强颜欢笑，露出了她的牙齿。

"我妹妹敏江明年要到校本部去了。如果我在这里上高年级的课程，家里就没有人做晚饭了。以后我就得在家做饭。"

"天哪！敏江只是个四年级学生，她现在就开始做饭了？"

"是的。"

"你妈妈还每天去出海打鱼吗？"

"是的，几乎每天都去。"

老师想起来了，琴江曾经在作文中写过：

很可惜我是一个女孩。我的父亲总是抱怨我不是一个男孩。因为我不是男孩，所以不能和父亲一起去捕鱼。所以我的母亲和他一起去，她代替我出海捕鱼。在寒冷的冬日和炎热的夏日，她都会去海边工作。当我长大后，我会为她做我能做的一切。

大石老师明白了。琴江似乎认为她生为女孩是自己的错。这使她对什么事情都退让。现在就算要问是谁把这种想法放在她的脑子里的，她也不会回答。

她已经接受了这个事实，仿佛这是她的命运。

"但是，琴江……"

大石老师本想说琴江的想法是错误的，但是又停了下来。她想说你真令人钦佩！但也没有说出来。

"听到这个消息，我很遗憾。"

琴江似乎感受到了老师的安慰，心情一下子开朗起来，露出了她那颗又大又稍稍突出的门牙。

"但是我有一些值得期待的好事情。两年后，当敏江读完六年级时，妈妈就会送我去裁缝店。等我到了十六岁，就可以去大阪做保姆。我会把所有的钱都用来买新衣服。"

"然后就当新娘子，对吗？"

琴江有点腼腆地笑了。显然，她已经下定决心，把自己的命运当作不可改变的东西来接受。当她长到十八九岁时，说不定会被一封假电报骗回家，电报上写着："母亲病重。"然后在并没有病重的母亲的安排下，嫁给一个勤劳的农民或渔夫。

琴江的母亲就是这样结婚的，并生下了六个孩子。由于接连五个都是女孩，她在丈夫面前感到抬不起头来，仿佛生不出男孩是她的责任。受母亲这种心理影响，琴江变得和她母亲一样，养成了遇事退缩的性格。母亲每天都和父亲一起出海，她的脸被晒得像渔夫一样黑，皮肤粗糙，每天头发被海风吹得乱糟糟的，已经失去了一个女人应有的模样。

但她好像没有感觉到自己的苦难，她打算让她的女儿也像自己一样生活，琴江也认为这是一个女人应该走的路。她们两个人的心都像一潭死水，不知道什么是清流。

大石老师十分焦虑，因为她想知道这是否是一个诚实但贫穷的渔民的理想生活。然而，她只能叹息，因为她知道，就算把琴江送进高等科，也并不能改变她们的思维方式。

大石老师时常想，一个理想的师生关系到底应该是什么样的。她想到了《草实》事件的稻川先生。稻川先生曾被贴上"叛徒"的标签并被关进监狱，他偶尔会从监狱里给他的学生们寄信。这些信与普通人写的信没有什么不同，就算如此，这些信也被禁止读给他的学生听。必须这样做事情吗？难道教师们只能在课堂上通过授权的教科书与学生们进行表面上的接触吗？老师必须与学生保持一定的距离，否则就会不知不觉地陷入困境。

不知不觉中，每个人都已经习惯于用自己的眼睛和耳朵去窥探别人的秘密。同时，大石老师有时也不得不小心翼翼，以避免学生们的恶作剧。

当她告诉班上的同学她因病要离开学校一段时间时，小鹤她们好像要把双手伸进她胸口似的打探着。

"老师是怀孕了吗？"

大石老师不由自主地脸红了，一群学生得意地欢呼起来。她对小鹤的直言不讳感到不满，但还是坦率地回答：

"是的，我非常抱歉。我已经瘦了很多，因为我什么都吃不下。等我身体好了，我会回来的。"

正是从那时起，她就没有去学校了。现在回想起来，当她宣布要离开学校时，最担心她的人也是早苗。大石老师拿出了六年前的那张照片，当时她冲洗了十三张照片，但不知为什么忘记了给孩子们，照片仍然放在插入相册的纸袋中。在孩子们天真无邪的笑脸中，小鹤的样子果然是最成熟的。小鹤一直是所有孩子中最高的，模样看起来比其他孩子大一两岁。其他女孩都把头发要么剪成荷兰式，要么偏分到一边，只有她一个人像中国女孩一样将头发披散下来，像大人的一样。增之离开海角村后，小鹤成了这群孩子的头儿。她的理想是完成高等科学习后，去一所助产士学校。这可能是这个早熟的女孩对怀孕感兴趣的原因吧。

在来自海角村的女孩中，富士子是唯一没有确定未来方向的人。据说，她家的房子将要转到其他人手中。大石老师怀疑，也许这就是可怜的富士子在毕业前无法确定自己未来方向的原因。她为这个女孩感到难过，因为她像琴江一样顺从地等待着未来。富士子是个瘦小的女孩，脸色苍白，她的手总缩在袖子里，好像在发抖。她用自己那冰冷、阴郁的眼神和沉默勉强维持着尊严。

相比之下，男孩们却相当活泼。

"我要上中学了。"竹一自豪地宣布。

森冈正不服气地说：

"我要念高等科。毕业后做个渔夫，直到应征入伍。入伍后，我会努力当上下士，然后升中士，你记住了。"

"天啊，一个士官！"

大石老师惊呼一声，但没有人察觉老师的心情。她觉得很奇怪，曾经试图通过带来活体标本来展示月夜蟹和暗月蟹区别的森冈正竟然希望成为一名士官。但对他来说，这是有原因的。他的哥哥入伍后，在朝鲜服役三年，还没有退伍，就因"九一八"事变被派到中国东北。最近他的哥哥以下士的身份回国，才让他有了这样的志愿。

"听说，如果你能当上下士，那么很容易就能晋升到上士军衔。下官也有月薪。"

森冈正好像找到了一条成功之路。竹一大声反驳道：

"我要成为一名干部候补生。你赢不了我的。我马上就会成为少尉。"

吉次和矶吉一脸羡慕。与竹一和森冈正不同，他们的家庭很困难，过着勉强糊口的日子。虽然不知道他们与家人如何谈论战争这件事，但可以肯定的是，他们最终会像其他人一样应征入伍，无论这是否是他们的愿望。那年（一九三三年）春天，日本退出了国际联盟，与国际社会隔绝。但男孩们完全不知道这件事意味着什么，与附近学校的老师被关进监狱有什么关系，他们甚至不知道自己被剥夺了获悉所有这些事情的权力。相反，遍布全国的好战气氛却深深影响着他们，让他们梦想着成为英雄。

"你为什么想成为一名军人？"

大石老师问森冈正。他的回答很直率：

"因为我不是家里的长子。而且，当下士比当渔夫好得多。"

"嗯……竹一，你呢？"

"虽然我是家里的长子，但我宁愿当一名军人，也不愿当一名大米商人。"

"是这样啊。大家还是再考虑一下。"

不能随便表达自己的想法，老师感到心情不舒畅，只好看着男孩们一言不发。森冈正显然察觉到了什么，问道：

"您不喜欢士兵吗？"

"哦，我更喜欢渔民和米商。"

"啊，为什么？"

"你还太年轻，人死了很可惜。"

"您真是像猫一样胆小！"

"是的，我就是这样的。"

回想起她和孩子们的对话，大石老师就感到很沮丧。因为她和男孩们说了那么多话，副校长警告了她。

"大石老师，"他说，"你被说成是个共产党，你最好小心点。"

"共产党是什么？我对共产主义一无所知，他们为什么这样说？"

躺在床上思考着各种事情的大石老师向起居室的母亲喊道。

"妈妈！您来一下。"

"来了！"

妈妈透过推拉门回答道。她正坐在火盆边做针线活。

"我有件事想跟您谈谈，您能过来一下吗？"

大石老师听到了妈妈的脚步声，然后看到推拉门被一只戴着顶针的手打开了。

"我现在厌烦教学了，想三月辞了学校的工作。"

"辞职？怎么又提辞职这件事？"

"开一家便宜的糖果店也比教书好。我厌倦了沙文主义的学校教育。"

"你说什么？"

"为什么您总想让我当老师啊？"

"你这是在怪我吗？这不是你自己的选择吗？你不是说你不想和我一样惨吗？这个年纪还给别人缝和服可真没啥乐趣。"

"不过你比我过得好，你看看我，我从一年级就开始教学生，现在一半以上的男生都想当兵，我不知道教书的意义是什么。"

"你知道，他们只是随波逐流。如果你开个糖果店战争就能结束，那就太好了。"

"我已经厌倦了这一切。更糟糕的是，我愚蠢到嫁给了一个水手。我应该从你的过去吸取教训。水手的太太命都很苦。就算大海风平浪静，也说不定什么时候一颗炸弹就会击中我丈夫的船，我就成了寡妇。我想是否应该让他换个工作，以免发生意外。我不介意帮他干农活或者其他事。我要生孩子了，我不想让我的孩子像我一样没有父亲。你不会反对他辞职吧？"

"你把一切都归咎于我吗？老公不是你自己选的吗？我当时就是不同意的。我不让你重复我的生活，那太糟糕了。但你喜欢他，我就不反对了。现在你这样说，难道是后悔了吗？"

"我爱他并不是因为他是个水手。反正，我现在讨厌做老师了。"

"随你便吧。我知道你现在很冲动。"

"不，我没有冲动。"

大石老师说话的样子与她在学校时完全不一样。但在她任性的话语背后，却洋溢着她对人类生命的热爱。

不久之后，她的病好了，可以重返学校了。新学年开始了，也到了她告别的时候了。对她的离开，有的同事感到遗憾，有的则羡慕她。然而，没有人试图挽留她，因为大石老师已经成了引人注目的有问题的人了。但没有人能确切地说出她错在什么地方。当然，大石老师自己也不知道，也许是学生们太喜欢她的缘故吧。

大石老师站在学校所有七百名学生面前，默默地环视着他们。她的眼睛因泪水而渐渐模糊，直到她看到了身材高大的仁太，他站在六年级新生的最后面，目不转睛地注视着她的方向。大石老师的眼睛里充满了泪水，她已经无法说出她准备好的告别话语。她像把仁太当成学生代表一样，向他的方向鞠了一躬，然后下了讲台。这时，她看见七年级学生中，森冈正、吉次、小鹤、早苗正泪眼模糊地看着自己。

中午休息时，她到另一栋校舍找早苗他们。小鹤一眼就看到了她，连忙跑了过来。

"大石老师，你为什么辞职？"

小鹤哭了。在她身后，早苗的眼睛也闪着泪光。本来最期待进入高中的增之，现在却读高等科了，没有见到她的人影。小鹤一如往常，夸张地解释道：

"增之的奶奶和父亲不让她上高中，最后她放弃了。他们告诉她，餐馆老板的女儿玩三味线就可以了，学唱歌是不会有出息的。增之希望成为歌手，她哭得很伤心，连饭都不吃了。大石老师，还有一件事，美沙子的学校不是高中，而是一所很小的学校，名字叫绿色学校。学生只有三十人左右，面积也只比裁缝店大一点点。还不如上高等科呢。是吧，老师？"

大石老师笑了，责备她说：

"你不应该这样说，小鹤。你现在告诉我，增之怎么样了？"

"她觉得不好意思了，所以请假了。"

"小鹤和早苗，你们要好好劝劝她，告诉她不必感到羞耻。富士子怎么样了？"

"你会感到惊讶的，大石老师。她搬走了。"

小鹤大声说着，扬起眉毛，睁着她那不能再睁大的细长眼睛。

"她和家人搬到了兵库县。春假的时候，她的爸爸载着他们，把一家五口和行李都搬上了船。行李就是席子、被子、锅碗瓢盆。他们只有一个柜子，太旧了，油漆都磨掉了，剩下的都是柳条箱。富士子一家还没干过苦活，所以人们都很替他们着急，说希望不要成为乞丐什么的……他们还说，希望富士子不要被卖到艺伎馆之类的地方……"

小鹤接着说，富士子她们家用一半现金支付了船费，剩下船费是卖了家具才给足的。大石老师拍了拍她的肩膀。

"小鹤，你是不是太爱说话了？你是不是要当助产士？好的助产士不会谈论别人的隐私。请你记住我的临别赠言。"

小鹤虽然性格傲慢，但还是不好意思地缩了一下肩。她眯起眼睛微笑着。

"我明白了老师，谢谢你。"

"早苗，我希望你能成为一名好老师。不过，我认为你最好多说一点话。这是我对你的临别赠言。"

大石老师拍拍早苗的肩膀，早苗点点头，微笑着没说话。

"如果你看到琴江，请把我最好的祝福传递给她：'照顾好自己，有一天成为一个幸福新娘。'"

小鹤立即回应道："请做一个好母亲。"

她开玩笑地拍了拍大石老师的肩膀。她现在已经快和大石老师一样高了。

"谢谢你。"

大石老师开心地笑起来。

男孩们和女孩们都已经长大了。当他们升到七年级时，被分开到不同的教室，这个教室里没有森冈正和其他海角村的男孩的身影。大石老师不愿意去男孩们的教室，特别是与海角村的男孩们告别，她决定直接回家。

"替我向男同学们问好。告诉他们想来找我的时候可以来我家里。"

"那我们这些女孩呢，大石老师？"小鹤插嘴道。

"当然也欢迎你们。即使我没有欢迎，你们不是也来了吗？很久以前就这样了啊。"

大石老师拿出照片，给每个女孩发了一张。小鹤高兴得又蹦又跳。

第二天下午，大石老师正在打盹儿。她很孤独，心烦意乱，好像她的宝物被偷走了一样，而不是为摆脱工作而高兴。这时，竹一和矶吉来了。她惊讶于自己离开学校的消息传播得这么快。她甚至没有整理凌乱的头发就出来迎接这两个男孩。

"很高兴见到你们。快进来吧。"

男孩们互相看了看。然后竹一说：

"我们要坐下一班公交车回去，离开车还有十几分钟，我们就不进去了。"

"哦，真的吗？那再等下一趟班车呢？"

"那回海角村时天就黑了。"

矶吉果断地回答。男孩们在路上似乎已经商量好了。

"好。那就等一下我送你们到公共汽车站。让我们边走边聊吧？"

她匆忙整理了一下头发，问道：

"竹一，高中什么时候开学？"

"后天。"

手上拿着新帽子的竹一已经展现出了高中生的样子。矶吉右手也拿着一顶鸭舌帽，谦逊地把自己的手放在条纹土布和服的膝盖处。

"矶吉，你昨天没去学校吗？"

"不，我已经不上学了。"矶吉突然变得拘谨起来，低下了头，"这些年你对我太关照了。祝您身体健康。我们该走了。"

"噢，还早呢，我跟你一起去公共汽车站吧。"

大石老师强忍住泪水，微笑着陪着他们出去。她走在两个男孩之间，矶吉从完全遮住头的大帽子下抬起头来。

"明天晚上，我就要去大阪当学徒了，我的师父会送我去那里的夜校。"

"哎呀！我根本不知道，是突然决定的吗？"

"是的，大石老师。"

"是什么铺子？"

"是一家当铺。"

"天哪！你将来要开当铺吗？"

"不是，有人告诉我，如果我在那里工作直到被征召入伍，我就有机会成为一名职员主管。"

矶吉的语气很拘谨，总是一本正经的。为了让他放松下来，大石老师说道："矶吉，一定要当个好的主管。每隔一段时间给我写一封信吧。昨天，我让小鹤给你们分发照片，我希望你们能珍惜那天的记忆。"

男孩们都笑了。

"这是我送给你的告别礼物，矶吉。是明信片和邮票。"

她递给他一包邮票和明信片，这两样东西都是别人送给她的，还有一条新毛巾。她送给竹一的礼物是两本笔记本和十几支铅笔。

"放假回家的时候，一定要来看我，好吗？我想看到你们成长。你知道，你们是我教的第一届学生，也是最后一届。我们永远都是好朋友？"

"是的。"矶吉独自回答道。

"你也是，竹一。"

"是的。"

当公共汽车出现在村边的拐弯处时，矶吉再次摘下帽子，说道："这些年你对我太关照了。现在我们该走了。"

他又重复了一遍那句客套话，然后迅速戴上帽子。这顶帽子是大人戴的，他戴起来就像漫画中的孩子，但也很合适。戴着鸭舌帽的矶吉和戴着校帽的竹一一直对着公交车的后窗挥手，大石老师注视着他们，直到他们消失在视线之外。然后她慢慢地走向海滩。平静的海湾对面，是一如往常的海角村。她想到了孩子们，他们正在成长，正在尝试展翅飞翔。

"这些年你对我太关照了。祝您健康。"

她面对着海角村，喃喃自语着。这句话听起来有喜有悲，给人温暖的同时却又意味深长。

八　黄玫瑰

虽然已经是三月，但早晨的空气中仍有一股寒意。在背阴处待上一会儿，脚就会冻得发抖。

在 K 镇的公共汽车站里，一大早有两位乘客在等车。一位是六十二三岁的老人，另一个是大约三十岁的女人。尽管时间很早，但他们已经办完了城里的事情。

"这天真冷！"老人抱怨道。

"真的很冷！"女人也附和着，尽管他不是对她说话。

寒冷似乎将两个人的心拉近了，不知不觉中他们交谈了起来。

"今年的冬天真是太长了。"

"还真是这样啊，都快到春分了。"

女人胸前抱着一个方形的包裹，饶有兴趣地看着老人手臂上挂着的一个粗布背包。

"这是给你孙子的吗？"

"是的，就是给他的。"

"我也给我儿子买了一个。"她看着自己胸前的包裹说，"听说今天开始卖，我就坐头班车过来了。但我找不到任何像我们以前那样的书包，这种纸板的包不超过一年就会坏了。"

老人点头表示同意。

"我听说黑市上有很多好东西。"

他笑了，张大了嘴。嘴里看起来黑洞洞的，后面的牙齿不见了。

那女人侧着脸看向远方说：

"现在，什么都要到黑市买，连这种儿童书包也要去黑市买，这不是很烦人吗？"

"只要有钱，什么都可以买。听说有些地方卖各种各样的糖果和蛋糕。"

说着，一滴口水差点从他没牙的嘴角滑落下来，看起来他确实对甜食有偏爱，他用手掌擦了擦嘴唇，似乎是为了掩饰自己的尴尬，又有些不好意思地用下巴指着街对面。

"这位大姐，我们去另一边等吧，现在只有阳光是唯一不用花钱买的。"

他快速穿过街道，向对面的公共汽车站走去。

听到"大姐"这个词，女人咧嘴一笑，跟在他后面。她在心里重复着"大姐"这个词，并抬头看着这个高个子男人。她笑着问道："大爷，你去哪里？"

"我吗？我去岩鼻附近。"

"你呢？我住在大松树旁。"

"哦，我知道那儿。我在那里有一个朋友。我们曾经都是水手。他叫大石佳吉，但他早就死了。我猜你不记得他。"

这让女人吃了一惊。

"天哪！他是我的父亲！"

这次是男人吃了一惊。

"这不是太巧了吗！真是太巧了！时隔多年，又见到了佳吉的女儿！仔细看看，你还真的很像他。"

"真的吗？我三岁时，父亲就去世了，关于他的事情我什么都不记得。叔叔，你和我父亲是什么时候认识的？"

她把"大爷"改成了"叔叔"，心想如果她的父亲还活着的话，也应该到这个年纪了。

这个女人当然就是大石老师，她离开学校已经有八年了。在她成为水手妻子的这些年里，世界正经历着比她愤怒地辞去教师工作时更加剧烈的变化。

日本发动了侵华战争，日本、德国和意大利之间的《反共产国际协定》已经缔结，被称为"民族精神动员"的运动已经开展，教导人民甚至在睡梦中也不要讨论政治，而是要正视战争，要全身心投入其中。

正是在这种情况下，大石老师成为三个孩子的母亲。

大儿子叫大吉，次子叫并木，最小的女孩叫八津。正是因为大石老师已经变成了普通的家庭主妇，所以她才会被称为"大姐"。但只要仔细观察她，特别是她那双明亮的眼睛，就会发现她并不是一个普通的"大姐"。

"叔叔，你方便的话，就和我一起去喝茶吧？"

她指着公共汽车站旁的茶馆建议道。她想从这位老人那里听到更多关于她父亲的事。但老人固执地摇了摇头。

"不，谢谢啦。公共汽车很快就来了。我们就在这里聊吧。"

他的回答比以前更郑重了。

"佳吉的媳妇身体还好吧？"

"她很好，谢谢你。"

听到老母亲被称为"媳妇"，大石老师禁不住笑了起来。回家后一定要把这件事告诉母亲。就在这时，一辆公共汽车从相反的方向驶来，按着喇叭。她迅速离开公交站牌，以示她不去那里。

但公共汽车还是停了下来。她站在茶楼的屋檐下，漫不经心地看着下车的乘客。只有年轻人从拥挤的公共汽车上下来。他们陆续走出门外，几乎所有乘客都在这里下车了。大石老师看着他们，想起今天这个镇的公共礼堂正在进行征兵体检。

"哦，这就是原因。"她一边想着，一边看着男孩们一张又一张年轻的面孔。

"哦，大石老师！"忽然有人大声呼喊。几乎在同一时间，大石老师也同样大声地喊道：

"哦，是仁太！"

她喊着一个接一个走出来的男孩。

"哦，你们都来了啊！"

跟在仁太身后的是矶吉、竹一、森冈正和吉次，所有她曾经教过的海角村的男孩都来了。

"很高兴再次见到你，大石老师。"

竹一首先向她问好。他是东京一所大学的高年级学生。他的脸变得更瘦了，脸上洋溢着大城市的气息。接下来森冈正向她鞠了一躬，露出一个善意的微笑，腼腆地用手挠了挠耳朵后面。他在神户的一家造船厂工作，有一种训练有素的工人的坚强意志。

然后矶吉也站了出来，仿佛他一直在等待机会。

"你好吗，大石老师？"

他那张异常苍白的脸上带着圆滑的微笑。

吉次，一如既往地安静和矜持，只在其他人后面鞠了一躬，低着头吸着鼻涕。他没有离开过海角村，一直在村子里伐木和捕鱼。

仁太的父亲是个肥皂制造商，现在他成了父亲的助手。此时他穿着新裁剪的卡其色西装，看起来家庭条件比其他男孩好。仁太还像以往一样无拘无束，不像其他同学那样客套。

"老师，我前一段时间看到富士子了。是富士子。"

他很得意，但大石老师故意不理会他，只是抬头看着她身边的每一个男孩。八年的时间过去了，这些小男孩已经变成了高大健壮的青年。

"你们都去参加体检啊，时间过得可真快啊。"

泪水在她的眼中打转，五个男孩的形象也变得模糊了。但她意识到这样不好，并赶紧恢复了她以前当老师的神情。

"好啦，你们快去吧！有时间你们一起到我家里玩吧。"

到底是男孩子，他们毫不犹豫地离开了老师。凝视着他们远去的背影，大石老师心里百感交集。好多年没有人叫自己"老师"了，她感到很快乐。

她转过身来，看到老人避开了公共汽车扬起的灰尘，在茶馆边上晒着太阳。在附近向阳的树篱里有一丛黄色的玫瑰花，上面有很多花蕾，把花枝都压弯了。老人不慌不忙地折下了一枝，凝视着年轻人远去的背影，小声地说：

"这不是太可惜了！为什么那些笑得这么灿烂的男孩子，却要成为子弹的靶子呢？"

"这确实可惜。"

"这种话不能大声说出来。如果我这样做了，我会变成这样。"

老人手里拿着书包，将双手放在背后，好像被反绑住了一样，继续用平静的声音说：

"你知道，治安维持法会把人送进监狱。"

他现在说话像个年轻人，好像没有牙齿的嘴里突然长出了槽牙。大石老师对那条法律了解不多。在她的脑海中，只知道《草实》的编辑稻川佳彦先生因违反该法而被监禁，尽管不久后被释放，但他不仅无法回到自己的工作岗位，甚至还得不到正常的待遇。据说他的母亲几乎快要急疯了，无论她遇到谁，都会解释说她的儿子已经痛改前非了。不知道那个传言有多少是真的，但可以肯定的是，稻川先生现在过着孤独的生活。他一个人在山上养鸡，过着与这个世界隔绝的日子。不是说他要脱离这个世界，而是这个世界把他抛弃了。他的鸡蛋被人蔑视，好像它们是有毒的，根本就没有顾客。这个时代教导人们要顺从，闭上嘴巴，闭上眼睛，并像传说中的猴子一样塞住耳朵。然而，面对大石老师的那位老人却说要将捂住嘴和眼睛的手拿下来。"虽然我确实是他的老朋友的女儿。但这毕竟是我们第一次见面，他为什么要对我说那些藏在心底的话？"她心存戒备，委婉地改变了话题。

"又说到了我父亲，你什么时候和他成了朋友？"

老人笑了笑，恢复了一个没牙老人的表情。

"嗯，让我想想。那时我们十七八岁。我们当时都雄心勃勃，打算趁机偷偷搭上一艘外国船只，航行到美国。我们想跳进西雅图附近的海里或者什么地方，然后游到岸边。"

"天哪！不过我听说确实有人这么做过。"

"当然。我们嘴上说着要在美国赚钱，其实是我们不想被征召入伍。不然就会这样了。"

他再次把手背在背后，微笑着。

"你们没有达到目的，是吗？"

"是的，我们没有。但那时当水手是免予服兵役的。而且，你父亲和我都喜欢上了航海，我们决定成为水手。但当水手要有证书，于是我们去读书，努力工作。我们没有上过学，所以我们花了五年左右的时间才成为二副。佳吉比我早一年通过了考试。这让我更加努力，第二年我就拿到了证书，但是……"

他说他没能把这个好消息告诉他的朋友，因为佳吉的船被撞毁了，再也没能回来。

老人所描述的她的父亲，听起来与她母亲所描述的形象不同。当她想像父亲年轻时的样子时，她感到自己在微笑，而不是伤感。这也许是由于老人谈起他时的深情语气。她现在能够把父亲想象成一个活泼可爱的年轻人。她第一次听说他不喜欢被征召入伍。难道她的母亲忘了告诉她这件事？还是因为她自己也没有从父亲那里听到过呢？还是因为母亲是一个闭口不言政治的人呢？大石老师想，她会在以后告诉母亲关于"新娘"的事情时，顺便问她这个问题。

带着所有这些想法，她继续与老人交谈。

"你出海多长时间了？"

"直到大约十年前。那时我已经成为一艘小船的船长。我想把我的儿子送到航海学校去，让他成为一名水手。但他不想成为一名水手，我就把他送去了商业学校，后来他成了一名银行职员，但接着他被征召入伍，死了。"

"在前线？"

"是的。"

"哦。"

"在诺门坎。这是给他儿子买的。"

他摇了摇背包，一张纸板在里面发出响声。

大石老师想说：

"现在大家都这样，有儿子难免有这个烦恼。"

但在最后一刻，她还是咽下了这句话。

车上有不少乘客，老人和大石老师不能坐在一起。大石老师在后排坐下，她闭着眼睛，想到了刚才看到的她以前的学生们。他们将从头到脚都被剥光，站在主考官面前接受检查。

士兵公墓中的木质墓碑数量在不断增加，年轻人非常关注这些木碑，比对待他们祖先的坟墓还要关心。更准确地说，他们期望对战死者给予应有的关注，赞扬他们，跟随他们，并认为这是一种荣誉。

竹一到底是为了什么而学习，矶吉又是为了谁而成为一名商人？儿时曾希望成为一名下士的森冈正，是否将军舰与墓地联系在一起？在这样一个关键时期，当人们应该掩饰他们笑容背后的东西时，只有仁太看起来无忧无虑地大声说话，但谁又能知道仁太心底有什么想法？

可以肯定的是，来自那个小村庄的达到征兵年龄的五个男孩，说不定都将被派往偏远地区当兵。

生产"人力资源"的妇女们，不得不担心她们的孩子的未来会不会与那些墓碑产生联系。现在，无论男人还是女人，都必须顺从他们的命运吗？无论如何，男人是无法逃避他们的命运的。

那么女人呢？在大石老师班上的七个女孩中，只有美沙子一个人没有遇到什么困难。从绿学园毕业后，她进入了东京的一所新娘学校。还在学校的时候，她就已经结婚了，并且马上就有了孩子。尽管当时多灾多难，但她的生活却异常富足，就像是一个在大风的冬日里沐浴阳光的人。

爱唱歌的增之，经历了一段极其艰难的时期。她痴迷于唱歌，所以不顾一切，曾多次离家出走。有一次，她在父母不知情的情况下参加了当地一家报纸主办的唱歌比赛，获得了一等奖。

她的表现被写在了报纸上，那是她第一次离家出走。每次她被带回家的时候，都会再次溜走。而每次出走都是由于她对唱歌的热爱。一个想唱歌又擅长唱歌的女孩，她为什么不能唱歌呢？当她第三次被发现时，她正准备作为艺伎登场。她紧紧抱着来接她的母亲，哭着说："你说过我可以弹三味线的，对吗？"

没人知道从什么时候开始，她对音乐的热情转移到了三味线上。然而，无论她的父母是否同意她演奏这种乐器，他们完全不同意他们的女儿成为一名艺伎，尽管他们自己也经营着一家餐馆，并且不得不与艺伎打交道。现在，增之嫁给了一个她在离家时认识的中年男子，终于安定下来了。随着她母亲年龄的增长，增之已经接替了老板娘的位置。当大石老师偶尔在街上遇到她时，增之会紧紧地抱住她。

"我总是想你，大石老师。"

她像孩子一样表达喜悦之情，眼睛里含有泪水。加上她朴素的妆容使她看起来就像个二十岁的孩子。

没能进入高等科的琴江现在怎么样了？听说她没能升入高等科后，就去做了保姆，然后期待着结婚。但听说她没等找到结婚对象，就因结核病回家了。瘦得皮包骨头，独自躺在储藏室里已经有一段时间了。

富士子，也没能去上高等科，偶尔能听到一个令人不快的传闻。刚刚仁太说见到了富士子，一定是那个成为妓女的富士子。大石老师从他脸上的表情猜到了真相，所以故意不回答他。关于富士子的传闻，她以前就听小鹤说过。据小鹤说，富士子是被她的父母卖掉的，就像卖掉家具或衣服一样，以使她的家人能够吃饱饭。富士子从小生活安逸，不知道什么是劳动，如果能因此认识到生活的真实面目，那么也算值得吧。但人们看不起她，还把她当成了笑柄。

曾经的松江，似乎已经从人们的脑海中被抹去了。而松江和富士子为什么要被嘲笑？至少在大石的心里，她们依然被珍视和爱护着，就像以前一样。

你好吗，松江？你好吗，富士子？你们到底是怎么过的？她不时会在心里呼唤着她们。

对松江和富士子来说，生活是无情的。而小鹤和早苗却生活得很顺利。早苗以优异的成绩从师范学校毕业，并留校任教，现在她的眼睛更加闪亮。由于大石老师的缘故，早苗与小鹤成了好朋友。小鹤也以优异的成绩从大阪的助产士学校毕业，她打算在获得更多经验后回家乡工作。不知是有意还是无意，她经常给老师写信，信封的正面有的时候是大石老师，有的时候是小石老师。不管怎么说，正如大石老师的母亲所预测的那样，健谈的小鹤变得有些拘谨，而安静的早苗则变得活泼起来。人的成长过程是多么有趣啊。

这两个女孩相约一起去看她们的老师，每年至少两次，通常是在暑假期间和新年期间各一次。

新年的时候，她们都带着礼物，但两个人的礼物不同。小鹤总是会带来大阪的小米饼，早苗总是带着高松的瓦片饼干。到了妙龄的小鹤身体越来越胖，眼睛也变得像线一样窄，她倔强的性格也变得柔和起来。她笑起来的时候，别人也觉得想笑。她的习惯是先傻笑，然后再献上她的礼物，说"这是我的礼物"。

有一次，小鹤说：

"我有时认为反复送同样的礼物是不礼貌的，但当我还是个孩子时，每当人们给我这个特产时，我都会高兴得跳起来。所以我才这样做。"

早苗也一样，她给大石老师递上饼干时会说：

"他们说傻瓜只会坚持做一件事。"

大石老师的儿子大吉称她们为"礼物姐姐"，十分欢迎她们。她们每次来，都会待上一整天，大家都是开开心心的。然而，随着战争的持续，这些礼物也很难得到。最近，小鹤带来了一些助产士用的纱布。而早苗则为大吉带来了笔记本和铅笔。今天，大石老师为到了上学年龄的大吉买了一个书包。没想到路上遇到了她以前的学生们，她的心里充满了各种回忆。

"大松树到了！有人要下车吗？"

听到售票员的声音。大石老师站起身来，匆匆走到门口。几乎没有时间向那位老人点头示意。

她的脚刚刚踩到踏板时，就听到大吉的声音。

"妈妈！"

他的声音清亮而纯净，一下子赶走了她所有的思绪。

"妈妈，我等你很久了。"

通常情况下，他清脆的声音会让他的母亲破涕为笑。但今天大吉的声音听起来有点悲伤。大石老师还是笑了，而男孩则半推半就地说了起来："你回来得太晚了，我等得都快哭了。"

"真的吗？"

"当我要哭的时候，我听到喇叭声，看到了你。我向你挥手，但你并没有看向我这边。"

"哦！我很抱歉。我在想别的事情。我几乎忘了要在这里下车。"

"那你在想什么？"

母亲没有回答，把书包递给了他。男孩立刻伸手接了过来，仿佛这就是他来接母亲的唯一目的。

"我的？这就是书包吗？它很小。"

"不，它不小。你试试看。"

事实上，书包有点大了。大吉背着书包跑了起来。

"外婆！书包！"

他朝家的方向跑去，似乎想用声音来弥补脚步的迟缓。

从这个男孩奔跑和摆动肩膀的背影，可以看出他非常渴望长大。如果等待这个可爱的男孩的又是战争，那么生养、爱护和抚养他的意义又会是什么呢？许多生命被炮火夺走，为什么不允许重视人的生命并防止他们被打死呢？难道"维护社会治安"就是限制思想自由，而不是珍惜和保护人的生命吗？

看着大吉跑去的背影，她觉得他也将会像竹一、仁太、森冈正、吉次，以及所有其他从那辆公共汽车上下来的年轻人一样，走向征兵的公会堂。她感到十分沮丧。大吉今年才到上学年龄，自己就有这样的感觉，一定还有更多的母亲在经受更多的苦难。这如同把数以百万计的母亲的心扔到一个垃圾场里，然后一把火烧掉。

士兵们骑在马背上，

扛着长枪在行进，

一个个威风凛凛，

我也想当士兵。

孩子们在屋里唱歌，由于他们唱得太过用力，以至于唱的歌都走调了。大石老师走进来，看到大吉背着书包在屋里转圈跑，并木和八津在后面追。外婆在一旁看着他们，脸上洋溢着幸福。

大石老师故意生气地说了几句，仿佛在责备他们。

"哦，你们不是都喜欢士兵吗？外婆怎么不理解我的感受了呢，是因为您没有儿子吧。我觉得应该是这样的。"

接着，她尖声叫道："大吉！"

男孩突然停了下来，他的嘴有点张开，一脸茫然。并木和八津肩上扛着掸子和一支像枪一样的羽毛毽拍，继续一边唱一边跑。大石老师急忙抱住大吉，仿佛要消除他的惊讶。虽然背着书包的他感觉自己像个机器人，但突如其来的喜悦却让他浑身颤抖。由于他是长子，母亲很少给予他爱抚，此时母亲的爱抚让这个六岁的男孩洋溢着胜利的满足感。他微笑着正要说什么，就被并木和八津发现了。他们哭着跑了过来，大石老师同样大喊着，将他们拥抱在一起。

"真是一群坏蛋！这么可爱的孩子，怎么舍得杀死他们？哇！哇！"

她有节奏地摇晃着孩子们。这三个孩子也同样"哇！哇！"地应和着。他们还太小，不明白母亲的话里隐藏着怎样的感情。

按征兵惯例，应征入伍的男孩要在春天接受体检，就像在县集市上展出的青菜和萝卜供人挑选，然后根据体检结果，被分配到不同的兵种中。然后在年底，他们将在欢呼声中离开，前往他们的军营。这种情况一直如此。然而，随着战争规模一天天地扩大，事态变得严重，这种缓慢的程序不可能再有了。男孩们入伍就意味着要被运往前线。码头上竖起的绿色雪松叶拱门上挂着的"欢送和欢迎"的牌匾已经变色。欢送声和士兵的欢呼声一年四季不断。而每隔一段时间装在白色方盒中的"凯旋战士"的骨灰就会随着海风穿过码头返回家乡。

日本各地建立的这些绿色拱门多得数不清，年轻人接连不断地穿过这里。一九四一年，太平洋战争爆发，更多的士兵在更多的欢呼声中被送走。十二月八日以天皇名义宣布开战，但那年的新兵，如仁太、吉次和矶吉，在战争宣布之前就已经离开了他们的村庄。在他们出发的那天，大石老师把那张合影照印成明信片大小送给他们，还有一些小的告别礼物。男孩们非常高兴，因为他们都把那张照片弄丢了，只有竹一例外。

大石老师对他们说："你们照顾好自己。"然后她用平静的声音补充道，"不要'光荣地死去'，一定要活着回家。"

听到这句话，男孩们变得像当年拍照时一样安静。矶吉被感动得泪流满面；竹一侧着脸望着远方；吉次安静地低下了头；森冈正带着悲伤的微笑点了点头。只有仁太回答："好的，大石老师。我们会胜利归来的。"

实际上，仁太说的"归来"这个词，明显是压低声音说的，因为他怕被附近的人听到。现在士兵们不应该再考虑返回的问题。仁太真是这样想的吗？对他这样一个直率的年轻人来说，不会考虑语言的含蓄，但他一定和其他人一样不愿意失去生命。也许他是表达得最坦白的人。

他们说，前段时间体检时，当宣布他是 A 级选拔者时，他不假思索地惊呼："妈的！"就在考官面前。听到的人都哈哈大笑，谣言就在那段时间传开了。但奇怪的是，仁太的脸上却没有挨过一巴掌。如果他的感叹因为太过古怪而没有引起考官们的反感，那么他确实很幸运，因为他能够表达自己的真实感受。

在这一事件中，仁太既为其他人说话，也为他自己说话，他的话传到了大石老师的耳朵里，也算是一个有趣的消息。

仁太真的会胜利归来吗？

不管怎样，在他走后半年的时间里，没有寄回一封信。中途岛战役使沿海地区的村民们焦虑和绝望，那些母亲经常偷偷地跑去神社，为她们的儿子祈祷。仁太和森冈正就是被分配到了海军。平日里总是爱笑的水兵仁太，自从他离开后，就没有了任何消息。

大石老师想：仁太现在在哪里？他还用那可爱的大嗓门说话吗？

每当她想起以前的学生时，她都会回想起她在 K 镇公共汽车站见过的那几个男孩和那位一笑起来嘴巴里面黑洞洞的老人，还有路边含苞待放的黄玫瑰。在那个寒冷的三月天，黄玫瑰的花蕾在"自由"的阳光下绽放。更让她心灰意懒的是，不久前她丈夫的船被改装成军用运输船，现在不知驶向何方。但在战争国家里，人们的焦虑和不安不能相互倾诉，不仅仅她自己这样，那些军人的妻子和母亲也承受着同样的痛苦。人们的生活就这样被破坏了，不止她自己，许许多多的人被剥夺了发言权，假如大家齐声呼吁会怎样呢？但这怎么可能呢？哪怕其中一个人说出了自己的真实感受，就会像那个掉牙老头说的那样，双手都会被反绑在背后。

　　春寒料峭的路边，那些含苞待放的黄玫瑰一定已经盛开了。但男孩们除外。

九　爱哭鬼老师

　　一年前，战争结束了。海洋、天空和大地都没有恐怖袭击了。一九四六年四月四日一大早，一艘船就离开了大松树村，朝着海角村驶去，船上坐着一位穿海军蓝带白碎花扎脚裤的女人，她上了年纪，又瘦又矮。

　　平静的海面上笼罩着浓重的雾气，海角村看起来就像在梦中飘浮一样。不一会儿，如同被初升的太阳唤醒了一样，它那细长的形状逐渐变得清晰起来。

　　"哦，天终于放晴了。"

　　正在划船的男孩说道。他看起来只有十岁多一点，正用他的整个小身体划着船，闪亮的眼睛凝视着仍在远处的海角村。那个女人也一直在注视着海角村，亲切地对男孩说：

　　"你是第一次来海角村吧，大吉？"

　　她的声音听起来很年轻，与她的容貌并不相符。

　　"嗯，我没有去过那里，也没有事情需要我到那里去。"

　　男孩头也没回地说道。

　　"是啊。我也很久没有去过那里了。那是一个与世隔绝的地方。距我在那里教书已经快十八年了。天啊，快二十年了！难怪我变得老了。"

原来，这位就是久违了的大石老师。十三年过去了，大石老师恢复了教职，今天要回到海角村教书。她曾经精神抖擞地骑自行车去学校。难道她已经失去了这种年轻的活力吗？也许她已经失去了，但这并不是她要坐船去海角村的唯一原因。战争使人们失去了自行车这种日常的必需品。战后半年，仍然无法买到一辆自行车。这就是大石老师被重新分配到海角村时最困扰她的事情。早年曾经运行过一段时间的公共汽车在战争期间也已经停止了，至今仍未恢复。

去海角村，除了走过这八公里的路，似乎没有其他的办法，而她在年轻时也曾骑自行车走过这条路。现在她的身体根本支撑不下去，她担心会伤身体，曾建议全家人搬到海角村去。但大吉反对这个提议，他说会每天划船接送她上下班。船可以租，当然，租船要花一些钱。

"那下雨天怎么办？"

"我会穿上爸爸的雨衣。"

"大风天呢？"

大吉仍然沉默不语。

"哦，不要紧。起风的日子，我就走着上班。"

她很快提出帮助儿子的建议，而大吉却不知如何回答。明天的事情明天再说。在那漫长而艰难的岁月里，人们一心想要过好每一天，不能因为坏天气就灰心。战争使大石家六个人减少到三人，正因为如此，剩下的成员更要想方设法地活下去。

大吉已经上六年级了，并木读四年级。今天第一天上班，并木送母亲来到海滩。大石老师想起并木也到了要去学校的时间了，便回头看向大松树。她已经很久没有从海上看这棵大松树了，但它还和从前一样没有改变。从表面上看，她的村子似乎也一点没变。实际上，经过长期战争之后，大松树村也发生了巨大的变化。

"累吗，大吉？我担心你的手会起水疱。"

"我没事，妈妈，水疱很快就会变成茧子。"

"真的很感谢你。明天我们再早一点离开好吗？"

"为什么？"

"一个教师的儿子每天上学迟到可不好。过些日子，我会买一辆自行车。"

"没关系的。我有迟到的理由，我不会被批评的。我每天送你上班。"

男孩得意地笑了，他轻轻地摇着船桨，身体也跟着船桨来回摇晃着。

"你不是很会划船吗？真不愧是海边的孩子。你什么时候学会的？"

"我刚学会的。六年级的学生都会摇橹。"

"真的吗？我也学一下。"

"不，我每天送您。"

"这让我想起了。曾经有一个男孩，他叫森冈正。当他还只是个一年级学生时，就要划船送我上下班。那是很久以前的事了。但他在战争中死了。"

"哦！他是你的学生吗？"

"是的。"

突然，大石老师的眼里涌出了泪水。她想，如果他还活着的话，现在已经是个大男人了。她想起了五年前在码头与森冈正分开的那一刻。森冈正那一刻的身影与他童年的形象在她的眼前重叠了。那是她最后一次见到他，还有其他那些她永远无法再见到的学生。她的心沉了下去，因为她想知道，日本已经输掉了这场可怕的战争，究竟能有多少人会回到故乡和她相见呢。

过去的五年就像一场噩梦。那段时间，大石老师和其他人一样受苦受难，最后不得不在儿子的护送下，回到偏远的海角村教书。有生以来，她第一次真正为有一份工作而庆幸。以前的学生早苗建议她提交申请，那时她已经变得很穷了，几乎没有什么衣服可以穿去上课。不如意的生活使她迅速衰老，因此大石老师现在看起来也比四十岁的人老了很多，像五十岁的妇人了。

为了活下去，人们牺牲了一切人性情绪。人们要么惊恐地睁大眼睛，要么不得不掩饰从眼角流下的泪水，每天都过得疲惫不堪。更糟糕的是，他们很快就习惯了那种日子，忘记了回想过去的生活，心灵一片荒芜。反抗这种荒芜就意味着死亡。这种动荡似乎持续了相当长一段时间，这一切让人们感觉战争还没有真正结束。

一九四五年八月十五日（大家都已经通过口口相传知道了原子弹的残酷影响，但还不知道它到底有多残酷），当时是五年级学生的大吉被叫到了学校听广播。听到日本天皇的投降令后，他垂头丧气地回到家里，仿佛他已经把失败的责任扛在了他小小的肩膀上。

从那时起，仅仅过了半年多一点的时间，她就看到勇敢的儿子在她眼前摇着橹，大石老师深受感动。孩子们适应时代变化的速度多么快啊！她知道，如果现在告诉大吉他去年八月那天的表现，他会感到羞愧。所以她只是把自己的想法留在心里。

那天，她微笑着拥抱儿子，让沮丧的儿子振作起来。

"发生了什么事，让你这么难过？"她问，"从现在开始，你就可以像小孩子一样正常学习了。来吧，我们吃午饭吧。"

以前，大吉吃饭时总是很兴奋，但那天他甚至没有看饭菜一眼。

"妈妈，我们输掉了战争。你没听广播吗？"

他的声音中充满了悲壮。

"我听到了。不过无论如何，战争都已经结束了。这不是一件好事吗？"

"可我们战败了！"

"是的，不会再有人在战斗中阵亡了，你看，活着的人都会回来的。"

"我们没有做到宁死不屈。"

"不。幸好我们没有这样做。"

"我们战败了你也不哭吗?"

"不。"

"你高兴吗?"大吉责备道。

"别说傻话了,大吉。想想你自己。爸爸战死了,他永远回不来了。"

男孩被她严厉的语气吓了一跳,正视着母亲的脸,就像第一次醒悟过来一样。但他的心灵之窗并没有因此打开。他想责备母亲在那个严肃的时刻还叫他去吃午饭。大吉不知道什么是和平,他听说自己是在一次防空演习的夜晚出生的。他在灯火管制中成长,早已习惯了警报声,夏天也戴着棉布兜帽上学,以防空袭来保护头部。在这样的环境下长大的他无法理解为什么他的母亲如此憎恨战争。每个家庭都派人去打仗,村子里几乎没有什么年轻人了,大吉认为这是理所当然的。学生们都被动员起来,女学生也要参加义务劳动,把所有神社的地面都打扫得干干净净,没有一片落叶的痕迹。大吉相信这就是他们的生活方式。他唯一不喜欢的是在树林里采摘橡果,吃苦面包。战争期间,大吉所在村庄出了几个少年航空兵。

"当上航空兵,就可以吃好多年糕和红豆汤。"

一些贫困家庭的子弟被哄骗加入了空军,这些男孩很快就成了英雄。那个时代，家庭无论贫富，只要他们不倾心于此项国家大事，就会被贴上不爱国的标签。瞒着家人去当学生兵反而成了一种荣耀。如果男孩们放弃学业，不顾一切地自愿去当志愿兵，而且他们是家里的独生子的话，就会得到更多的赞扬。有一次，镇上的初中有许多男孩自愿参军，其中有三个独生子没有得到父母的同意，这被认为是学校的巨大荣誉，这让家长们十分震惊。当时大吉还太小，他像感叹自己年幼似的说：

"我希望我可以很快进入初中。"

然后，他唱起歌来。

"扣好海军军装的七颗纽扣，

樱花花瓣飘落在船锚上……"

人的生命被比作樱花，孩子们被教导在战场上牺牲才是他们生命的最终目标和无上的荣誉。那时的教育目的是向日本所有男孩灌输这种信念，象征着勤奋读书的二宫金次郎的雕像也被从校园里移走，并在一片欢呼声中被当作废铁捐献出来。数百年来用于报时和通报紧急情况的寺钟也被从塔楼上拆除并熔化。在那种环境下，像大吉这样的男孩不惜生命成为英雄的想法是很自然的。然而，大石老师从未赞同过。

"听着，大吉，"她说，"我希望你成为一个平民，我们家已经有一个人'光荣'地死了，这还不够吗？你死了，就什么都没有了，你就这么想去送死吗？我辛苦把你养大了，你想让我每天哭着过日子吗？"

她说这话时，就像在大吉发烧的额头上盖了一块湿毛巾，但男孩太疯狂了，她温和的劝告没有效果。相反，他试图跟母亲讲道理。

"那你就不可能成为一名光荣的阵亡士兵的母亲。"

大吉坚信那才是忠君，那才是孝敬父母。母子俩都有各自的观点，根本说不到一起去。

"天啊，你还想让我当阵亡将士的母亲吗？我已经失去了我的丈夫，这还不够吗？"

大吉暗自为母亲的想法感到羞愧。作为一个好战国家的男孩，他自然希望保住面子。他尽力不让别人知道他母亲的想法。在他看来，母亲的言行有点让人担心。他还记得很久以前发生的事。当时，他的父亲正在家中休病假，但又收到航行命令。大吉第一个激动起来，和他的弟弟还有妹妹大声叫嚷着。大石老师眉头微皱，压低声音说道：

"这群孩子怎么了？疯了吗？一点也不知道这对我来说意味着什么。"

大石老师说着，用手指推了推大吉的额头。大吉失去平衡，差点向后摔倒，他愤怒得想跟母亲争辩。然而当他看到她满眼的泪水时，却立刻不作声了。父亲微笑着安慰他：

"没关系，大吉，你还小，不要总哭鼻子。如果你总是这样，爸爸该怎么办呢？你想闹就闹吧。"

听到父亲这么说，大吉不想再吵闹了。父亲把三个孩子抱在一起。

"你们一定要健康快乐地成长，长大后好好照顾你们的妈妈和外婆，到那时，战争也该结束了。"

"战争会结束？你怎么知道？"

"像我这样的病人都要去战场，看起来……"

但孩子们还是不明白他的意思。他们只是因为父亲和其他人一样去打仗而感到自豪。在那之前，他们一直感到羞愧，因为他们的家人都待在家里。那时，所有家庭都已经被破坏得残缺不全了。

塞班岛陷落前不久，他们收到了父亲去世的通知。大吉也忍不住哭了。他把手肘抵在胸前，用手腕擦去眼泪。他的母亲搂住他的肩膀。

"我们不要灰心，大吉。做个男子汉。"

大吉老师试图鼓励大吉和她自己。然后她继续小声地告诉他，他的父亲多么想留在家里：

"他知道，一旦离开他就再也回不来了。但你们却如此兴奋，大吵大闹。我很难受，心里很苦……"

即使在那时，大吉也想知道为什么他的母亲会这样说话。他希望她说他的父亲是高高兴兴地参战去了。当然，他对失去父亲感到伤心，但他也接受了这个结果，因为他周围还有许多失去父亲的孩子。例如，在邻村，有一户人家失去了四个儿子。大门上并排贴着四枚荣誉徽章。大吉他们用崇敬的目光看着那些徽章！

甚至还有一种羡慕的感觉。

不久之后，一个写着"荣誉之死"的长方形徽章被送到了大吉家。母亲把信封里的东西倒在手掌上，盯着徽章和两个小钉子看了一会儿，然后她把它们全部装回信封，放到抽屉里。

"把这个钉在大门上，对我们能起什么作用。太愚蠢了！"

大石老师生气地嘟囔着，开始用啤酒瓶捣米。这些米不是给孩子们吃的，而是给卧病在床的外婆熬粥的米。外婆在一次空中演习中摔倒了，此后一直躺在床上，已经没有康复的希望了。医生说外婆不是因为跌倒而生病，而是因为生病才摔倒的。村里的医生是一位年过八旬的老人，他的头发和胡子已经完全变白。他很不愿意去看一个没有机会康复的病人。遗憾的是，村里没有其他医生可以咨询。因此，大石老师竭力为她的母亲争取，至少为她的母亲找些好吃的东西，但这并不容易。即使在海边也很难买到鱼。她从一个地方走到另一个地方，想买点鱼和鸡蛋，但如果不经过多次低头哀求，她就无法买到任何东西。因此，大石老师经常一个人出去四处寻找。

有一天外出回家，她发现了钉在门前的荣誉徽章。那是大吉在他母亲不在家的时候，从抽屉里拿出了徽章，并把它钉了起来。小小的徽章闪闪发光。这位"光荣"的寡妇在那里站了一会儿，看着这个"光荣"的标志，这个小小的荣誉是用一个人的生命换来的。这些荣誉徽章越来越多了，每家的大门都挂着一块，好像不知道这是一种耻辱。也许是小孩子们最想要看到一个荣誉牌吧。

八月十五日终于到了，战败投降的消息仿佛一股泥泞的洪水席卷而来，使整个国家陷入了混乱。如果在这种混乱中，像大吉这样的孩子逐渐醒悟了过来，他们怎么可能为此开心呢？孩子们找不到开心的理由。

战争结束后，人们四处寻找食物，挣扎着活下去的人已经相当多了。现在，在战争中幸存下来的士兵也陆续回来了。有些士兵活着，但无法回家。许多已经死去的父亲、丈夫、儿子和兄弟永远回不来了。装饰在大门上的荣誉徽章都消失了，好像他们的家人认为这样就能消除他们的内疚感了。

大吉家门上的徽章也摘掉了，但妹妹八津的突然死亡是他没有预料到的。那是外婆去世后大约一年发生的事。在这么短的时间里，这个家死了三个人。大吉的父亲消失在汩汩的海洋中。外婆因疾病而变得越来越瘦弱。直到最后，她像一棵枯木般倒下。八津就像一个消失的梦，尽管她死前一天还很好。在这三个人中，八津的死最让家人伤心。她偷偷吃了未成熟的柿子，结果死于急性肠胃炎。这些柿子在一个月后就会成熟，但她没有等，因为青柿子不涩，所以她吃了一些。其他一些孩子也吃过，但只有八津死了。

"战争已经结束了，但八津还是被战争害死了。"

听到母亲这么说，大吉一时间没明白她的意思，不过他后来渐渐地明白了。最近几年，村里的柿子和栗子都没在村里的树上成熟，因为没有人能够耐心等待。孩子们总是到田里去吃各种能吃的杂草，生吃肮脏的红薯。他们的脸色都很不好，可能是蛔虫引起的。孩子们生病了，但没有医生，也没有什么好的药。医生和药品都是为了战争而征用的。奶奶去世的时候，连村里的和尚都去战场了，邻村的和尚一直忙于超度死者。

　　战争结束前不久，村里的和尚回来了，马上为外婆做了法事。可谁也没想到，很快他们就不得不再次请他为八津做法事。

　　外婆在去世前，曾懊恼村里没有做法事的和尚。但可怜的小八津可能没有想到过类似的事情，她甚至对大声念经的和尚也感到怨恨。据母亲说，当八津出生时，父亲就已经感到身体不舒服，他在七大洋中航行多年，终于想回家休息了。他将自己的家比作第八大港口，并将新生婴儿命名为"八津"，即第八个港口的意思。然而，父亲虽然病了，却依然无法留在家里休养。而现在，他寄予厚望的八津也死了。

　　那时，一切生活物资都十分匮乏，如果不提供木料，大石老师就无法为八津制作棺材，于是她决定用家里的一个快要散架的旧衣柜改做。花园里也没有鲜花，所以大吉和并木在墓地里摘了一些野花献给死去的妹妹。男孩们听说，很久以前，他们的花园里曾经种过很多花。但在他们的记忆中，那里只种过萝卜和南瓜。屋檐下那一小块地里也长满了南瓜，藤蔓一直爬到屋顶上。八津死后，她的母亲哭着把屋檐上的藤蔓拉了下来，三四个看起来不好吃的南瓜随着藤蔓掉落下来。她把形状最好的放在托盘

　　　　　　　　　　　　　　・162・

中，放在了八津法人祭坛上。

顿时谣言四起，有人说八津是死于小儿痢疾，因此没有人前来为她守夜。一家人只能坐在床边守夜。那天晚上，到例行停电时间时，母亲突然想起了什么，她拿起一把索林根刀，直接插进了南瓜的侧面，如果他们的母亲没有微笑，他们可能会吓得尖叫起来。这是他们父亲带回家的刀，孩子们已经多次被告知它是多么锋利和危险。但母亲正在微笑，虽然她看起来像个陌生人，眼睛哭肿了，但看到她的表情好像在说，没什么可担心的。

"让我们为八津做点好事吧，也许你们不知道这会是什么。可怜的八津从来没有看到过南瓜。你们认为所有的南瓜都应该吃掉，无论它们味道好不好。我还是个孩子的时候，经常有人给我吃不好吃的小南瓜，我就用来做玩具。你们看，这是一扇窗户。"

母亲在南瓜的一侧刻了一个方孔。

"我要在这一侧做一个圆窗，"她继续说，"这做起来有点难。大吉，你能给我拿一个小碟子吗？我想用它画一个圆。另外再给我一个托盘。我想把瓜瓤放在上面。"

男孩们睁大了眼睛看着她，那是她做的一个灯笼，窗户上糊着纸，底部钉着一颗钉子，上面插着燃烧的蜡烛，这灯笼正是八津所希望看到的。大吉一时忘记了悲伤。

"妈妈，您的手真巧。"

当小棺材做好后，小灯笼也放在小女孩的脸旁。八津以前玩的贝壳和纸娃娃也被放了进去。兄弟俩顿时放声大哭。大吉想起了八津一直想要的拼图戒指，他责怪自己没有好心借给她，他想现在就给她。他把八津的双手交叠在胸前，握住戒指，但她冰冷的手指已经拿不住东西了，戒指滑落下来，掉到了棺材底部。并木也把他一直珍藏着的彩色纸、折叠小鸟、脚夫和气球放进棺材里。就是带着这些礼物，八津去了另一个世界。

遭受了这些打击后，大石老师突然变老了。她的头发变得更加灰白，而且看起来更瘦了。当她俯下身子时，她看起来和去世的外婆一模一样。大吉是个小男孩，他看到母亲如此迅速地衰老，感到非常震惊，他担心她会发生什么事。他一下子长大了，也能够深刻体会生命的价值了。

好好照顾你的母亲，他父亲的话，现在有了实际意义。

"妈妈，我去弄柴火。"

然后他带着并木去砍柴。

"妈妈，我在放学回家的路上把配给我们的口粮领回来了。"

就这样，他接手了去远处配给处领东西的活。并木也不甘示弱。

"妈妈，我会把家里需要的水都打回来。"

母亲被感动得眼含热泪。她比以前更容易被感动，她喃喃自语道：

"为什么，你们两个突然变得这么孝顺了？"

正是由于早苗的暗中努力，身体虚弱、需要照顾的大石老师才得以重新回到教学岗位上。早苗现在在海角的校本部工作。

"她已经四十岁了，现任的这个年龄的女老师都准备让她们退休了。"

校长起初表现得很不情愿。然而，早苗再三恳求他，直到最后他同意。条件是大石老师需要去海角村教书。但不能作为正式教师，而是作为一名临时教师，这是校长个人的决定。换句话说，如果有一个好的替代者，大石老师随时可能被解雇。早苗觉得有点过意不去，但还是把全部情况都告诉了大石老师。不过，大石老师的眼睛却闪烁着一种奇怪的光芒。

"这正是我所希望的。我曾经答应过要回去教书，你看，我一直欠着大家的情呢。"

她一点也不介意这糟糕的状况，脸上流露出了发自内心的喜悦。就在那一刻，过去曾说过的那些话又回到了她的记忆中，就像一朵准备开放的花一样复苏了。

"请一定再回来啊。"

"等你的脚好了再来吧。"

"脚好了，我一定来。"

"说好了啊。"

难道大石老师不知道，她就像当时接替她的"老"后藤夫人一样，被人怜悯吗？她当然知道。但是，作为一个有两个孩子的寡妇，她不得不像后藤夫人一样高兴地去海角。

当她看着海角上的青山越来越近，在夜风的吹拂下显得格外清新，她觉得自己也很新鲜和年轻。过去，她的西式服装和自行车已经领先于时代。现在，她把灰白的头发简单地扎起来，穿上用她丈夫的旧海军蓝工作服做的工作服，她的儿子为她划船。如果有什么能让人想起她以前的样子，那就是她的眼睛。她的眼睛突然开始发亮，还有她年轻的声音。她的西式服装和自行车曾经被指责为现代的，但它们同样开创了一种模式。现在海角村几乎没有妇女不知道如何骑自行车了。但二十年过去了，可能没有人知道她年轻时的样子了。

陆地似乎向船这边滑了过来，船已经离海滩很近了。和往常一样，村里的孩子们聚集在一起，看到了笨拙划船的大吉，还有没有见过面的大石老师。这几年衣服紧缺，让海角村原本就朴素的孩子们显得更加可怜。当大石老师对孩子们微笑时，他们显得有点害怕，面无表情，好奇的目光从以前到现在都没有改变过。在好奇的目光包围下，大石老师跳下了船。在这里，即使是一块小鹅卵石似乎都能唤起大石老师的美好回忆。她感到有点头晕，可能是晕船的缘故。当她慢慢走过来的时候，听到孩子们在她身后窃窃私语：

"也许那是老师。"

"那么我们要鞠躬试试看吗？"

大石老师不由自主地笑了。三四个小孩子从她身边跑过，愣头愣脑地挡住了她的路。他们似乎还没有到上学的年龄，可能是在效仿一年级新生，随着新学年的临近，他们养成了鞠躬的习惯。

大石老师回应了他们的问候，泪水夺眶而出。她很高兴，感觉好像小孩子们在欢迎她。她偷偷擦了擦眼睛，露出了笑容。她再次环顾四周，却没有发现熟悉的面孔。路上遇到的人也都很陌生。

"路还是跟以前一样，可村民们却变了很多！"大石老师想。

她没有意识到她自己的变化比任何人都大。与此同时，孩子们三三两两地从她身边跑过去，偷偷地看着她。她故意把目光从他们身上移开，不让孩子们看到她那几乎要溢出泪水的眼睛。

她向独自回家的大吉挥了挥手，然后就走进了校门。当她看到这所饱经风霜的校舍大约百分之八十的窗玻璃都被打破的那一刻，绝望像涨潮的潮水一样向她袭来。当她像以前一样坐在旧教室的窗边向外看时，她的背开始挺直了。因为，虽然校舍已经很旧了，但她注意到学生们已经走进了这所破旧的学校。有的孩子带来了用腰带的衬布做成的白色书包；有的孩子则带来了新的白色书包；有的孩子用自制的包裹布作为书包。里面的教科书没有封面，破损得就像折叠的报纸一样。孩子们的脸上仍然洋溢着期待。他们的表情就跟当年的海角孩子们一样。

十八年前的苦难岁月，在大石老师看来，仿佛就发生在昨天。有一段时间，她甚至迷茫地以为，自己今天好像是在延续昨天的课程。简单的开学仪式结束后，她带领孩子们走进教室，依然有脸颊发热的感觉。尽管如此，她还是非常自然地开始点名了。她用年轻而温和的声音告诉大家：

"当叫到你的名字时，请大声回答'到'……川崎觉。"

"到。"

"加部芳男。"

"到。"

"很有精神啊！我相信你们都能清楚地回答。加部芳男，你是小鹤的弟弟吗？"

刚刚因大声回答而受到表扬的男孩点了点头，仿佛他认为，除非有人叫他的名字，否则他不应该用嘴回答似的。然而，老师仍然微笑着。

"冈田文吉。"

很明显，他是矶吉的侄子。但听说他的父亲对退役并眼睛失明的矶吉并不友善，所以她没有提到他，就继续往下点名。

"山本胜彦。"

"到。"

"森冈五郎。"

"到。"

森冈正的脸清晰地出现在大石老师的记忆中，然后消失了。

"片桐真琴。"

"到。"

"你是琴江的妹妹吗？"

真琴愣住了。很明显，她不记得死去的姐姐，因为那时她还在襁褓中。大石老师不再问起昔日的事情。西口美沙子的女儿也在这里，名字叫胜子。其他三个女孩中还有川本千里，她穿着一件新的红裙子。在课间休息时，大石老师忍不住问她：

"你父亲是个木匠，是吗，千里？"

千里用她那双类似于松江的黑眼睛盯她。

"不，我外公是木匠。"

"哦，我明白了。"

然而，老师在学校的登记簿上看到，这个女孩的父亲是那个木匠。

"那松江是谁？她是你的姐姐吗？"她再次问道。

"不，她是我妈妈。她在大阪。这件洋装就是她送的。"

大石老师被小女孩的话吓了一跳。幸好她的新班级里没有仁太和增之。同时，她也不禁想起了他们。如果仁太在这里，这十个新学生的家事，连同每个人的名字或绰号现在应该都已经被他抖搂出来了。她想到了仁太、竹一、森冈正、矶吉、松江、富士子和所有其他人。今天第一次来学校，她的十个新学生就像她以前的学生一样信任自己。慢慢地，这十个新学生的脸庞变成了曾经在大松树下聚集在她身边的十二个孩子的脸。她向窗外望去，发现那棵大松树就像以前一样站在那里。说不定她的两个儿子此时正站在大松树边上凝视着海角村呢。

大石老师悄悄地走到操场的一个角落，偷偷地整理了下自己的面容。然而她还没有意识到，学生们早已经给这位多愁善感的老师起了一个绰号。毕竟，海角村还有像仁太这样的孩子，他们的观察力很强，甚至可以观察到大石老师最轻微的擦眼泪的动作。

她的绰号就是：爱哭鬼老师。

十　一个阳光明媚的日子

　　虽然已经是四月了，但那天下午的海滩上仍然笼罩着一股寒意。坐在沙滩上伸直双腿的大石老师站了起来，掸掉工作服膝盖处的灰尘。一个声音从背后呼唤她。

　　"大石老师，你来这里做什么？"

　　原来是西口美沙子。

　　"哦，美沙子！"

　　美沙子穿着带有衬里的丝绸和服，外面系着一条好看的腰带，上面有鲜艳的花朵图案，她似乎要去什么地方。寒暄过后，她突然用亲密的语气说道：

　　"我正要去学校，我想见见你。"

　　说着，她又鞠了一躬，

　　"真是缘分，我的女儿胜子恰好在你的班上。请您多多关照。"

　　她缓慢说话的语气和端庄的举止让人想起了她母亲当年的样子。但她很快又露出了自己的真性情，深情地对老师说：

　　"当我听说你又来海角村任教时，我高兴得都要哭了。你是我的老师，现在，你又是我女儿的老师了。这种情况并不经常发生。你一定要保护好身体。"

"谢谢，这些年大家都经历了困难时期。"

美沙子没有回答，而是环顾四周。

"你以前受伤的地方是在这里吗？"

她问道，眼中带着对过去的怀念。

"是的，是的。你记得这么清楚啊！"

"我永远不会忘记那一天。我经常与早苗谈论起这件事。海角村自从有学校以来，各种各样调皮的孩子都聚集到我们班上了。你还记得我们曾经一路走着去看你吗？"

说着，她看了一眼远处的大松树。就在这时，她注意到大吉的船正在靠近她们。大石老师朝他点点头，微笑着解释道。

"美沙子，那是我儿子大吉，他每天这样接送我上下班。"

听大石老师这样说，美沙子惊讶地叫道：

"哦，是这样啊，所以老师才到海边来的呀。"

大吉已经连续接送三天了，美沙子竟然不知道。看起来美沙子似乎继承了她家一贯的冷漠作风。然而，时代的风暴并没有遗漏她们家，同样吹过了她家的高墙，抢走了她的丈夫。而后，她的丈夫一直没有回来。但现在站在老师面前的美沙子，却像个少女一样无忧无虑，和蔼可亲的笑容也和过去一样。其他村民都穿着朴素的衣服，只有美沙子一人穿着富贵人家少妇的衣服。

她是怎么熬过这漫长岁月中的种种磨难的呢？战争结束时，

曾有传言称西口家的仓库里堆满了军用物资，但这一消息从未得到证实。也听说美沙子家因这些物资而变得富有，但她的脸上却看不出干过坏事的那种愧疚。

每当大吉的船摇晃时，与老师并肩站着的美沙子就流露出焦虑的神情。

"大石老师，风太大了，让一个小男孩撑船太困难了。哦，危险！"

大吉小小的身体似乎要连同小船一起沉入大海，小船和小男孩一起奋力拼搏着，两个女人看着他，发现自己也在替他用力。海上很冷，但大吉的身上已经被汗湿透了。

"你不再骑自行车了吗？"

美沙子问道。然而大石老师太紧张了，根本没去理会她的问话，看着大吉和小船被海浪翻腾着，她恨不得把他和船一起拉到怀里来。美沙子接着说道：

"下雨或刮风的天气划船太难了。骑自行车也可以快一些？"

"是的，美沙子，但现在市场上没有自行车卖了。即使有，我也买不起。"

老师说着，眼睛仍然没有离开小船。她想起了过去自己轻松付款购买了自行车的事情。帮助她买车的自行车经销商的女儿富子结婚后定居在东京。战后，连明信片都买不到，大石老师就再也没有她的消息了。听说富子的丈夫也曾经在东京本庄经营一家自行车商店。她想知道他们现在在哪里，过得怎么样。她担心富子一家会不会在三月九日的空袭中丧生。战争结束时，大石老师曾这样想过，但之后的生活忙忙碌碌，她的心思一直被自己命运的快速变化所占据，几乎没有想到其他人。

富子家曾经居住的 K 镇的房子，现在仍然是一家自行车商店。但不知道为什么，战争期间换了店主，现在店里只剩下一位老人，总是衣衫褴褛，修理脏兮兮的旧自行车。老人的儿子也在战争中死了。现在哪里还能买到新自行车啊？美沙子却一本正经地说道：

"如果你想买自行车，我可以帮你想办法。"

大石老师没来得及问她这话到底是什么意思，大吉的船突然加速，靠近了海滩。也许现在船已经来到海角的背风处，风不再阻碍它了。男孩只对他的母亲咧嘴一笑，就像往常一样撑着船，直到船头靠到沙滩，等待母亲上船。忽然，他听到了一个陌生的称号：

"来吧，小伙子，快上岸来吧。"

当他惊讶地转过身来时，他的母亲对他笑着说。

"大吉，上来休息一下吧？"

男孩摇摇头没有说话。母亲接着说：

"我有件事要跟这位女士谈，你可以等我一下吗？"

大吉没有回答，像生气似的跳下船。当他把缆索绑在一块大石头上时，他的母亲喊道：

"过来，大吉。"

她想当着美沙子的面询问自行车的事。但是，当她坐在似乎忘记了这个话题的美沙子和像大人一样双手抱膝眺望大海的大吉之间时，她不知为什么不想再谈论自行车的事了。美沙子可能有办法弄到自行车，但以后肯定会因此影响彼此间的关系。

三个人都没有说话。一番尴尬之后，美沙子打破了沉默，她轻快地说：

"前几天我和早苗谈过，我们想和同学们一起为你举办一个欢迎会。"

"哦，听到这个消息我很高兴，但我好像没有给大家太多的帮助。在我回来之前，我以为我还是像以前一样有精神，有活力。但来了之后，我发现自己太感伤了。每一段回忆都让我难过。"

说着说着，她的眼里已经有了泪水。她迅速把它们擦掉，用坚定的声音继续说道：

"不过，你真是太贴心了。你们班还有多少同学在这里？"

"两个男同学，三个女同学。不过我们也想邀请小鹤和小松。"

"小松，是川本松江吗？"

"是的。很长一段时间我们都不知道她在哪里。但在战争期间，不知道她从哪里回来过一次，在这里只待了一段时间，然后就又离开了。但我知道增之有她的地址。增之变得太漂亮了，我都快认不出她了。"

一瞬间，美沙子的脸色变得古怪起来。大石老师假装没有注意到。与此同时，她又想起了两天前教室里发生的事情。

"你的父亲是木匠，对吧，千里？"她问。

"不，我外公是木匠。"

"松江是你姐姐吗？"

"不，她是我妈妈。她在大阪。这件洋装就是她送的。"

千里那双眼睛和松江的一模一样。老师现在不想向美沙子询问那个女孩的情况。她还有其他事要问。

"我想知道富士子怎么样了，有人知道吗？"

美沙子的表情与她谈论松江时的表情一模一样。

"她一点消息也没有，完全失去踪迹了。战争期间，我们听说她很幸运，一位战争中的暴发户把她赎出来了。现在不知道她怎么样了。"

无论是自觉还是不自觉流露出优越感的美沙子，还是走过人生黑暗面的松江和富士子，大石老师都故意不再提她们的境况。她低下头，自言自语地说：

"我们有机会见到活着的人，却没有机会见到死去的人。"

美沙子也深受感动，低声说：

"是啊，就像歌里唱的那样，'死树不开花，不结果子……'你知道琴江死了吗？"

大石老师只是点点头，没有回答。美沙子接着问道：

"你听说过矶吉的事情吗？"

大石老师也同样点点头。她的眼里再次充满了泪水。她记得当早苗告诉她矶吉因失明而退伍时，她哭了多少次。那天的悲伤，至今仍深深地烙在她的心底。听说早苗去探望矶吉时，矶吉戴着眼罩，头一直低着，表情十分沮丧。他说他宁愿死掉。当时大石老师哭了，因为她同情这个男孩，尽管他的愿望是当一名当铺的主管，但他不得不回到贫困的家，发现自己处于一个艰难的境地。但大石老师现在没有这种感觉了，因为她听说矶吉在城里给一位按摩师当了学徒，这让她松了口气。尽管矶吉这么晚才开始当学徒，但这毕竟开启了他新的人生之路。她想知道，他该如何在那个黑暗世界里生存下去呢？

　　然而美沙子却说出了凉薄的话，暴露出了她的肤浅。

　　"他是活着回来了，但他瞎了还能做什么？真不如死了好。"

　　美沙子好像根本不知道是什么造成了矶吉的失明。大石老师再也忍耐不住了。

　　"美沙子，你怎么能这样说话！矶吉正努力重新开始自己的新生活。更何况你还是他的同学。"

　　"但是……但是，矶吉每次都对别人说，他现在不如死了好。"

　　美沙子红着脸回答，仿佛第一次意识到自己的浅薄。

　　"难道你不会为他感到难过吗？他的意思是说他没有什么办法可以谋生。可怜的矶吉。你不同情他吗？"

　　"当然，我为他感到难过。毕竟，他和我是同学。不过我必须说，我的很多同学都很不幸。五分之三的男孩都因为战争死了。"

就在这时，大吉戳了戳坐在身边的母亲的手肘。大石老师转过头来。几个孩子就站在他们身后，围成一个不规则的半圆，正好奇地看着他们。老师突然回头，孩子们像受到惊吓的小鸟一样慌忙跑开了，边跑边喊：

"爱哭鬼老师！爱哭鬼老师！"

当他们跑向海滩后面山上的公共墓地时，老师注视着他们说。

"美沙子，我们去墓地看看吧？"

"好吧，我先去取点水来。"

美沙子站起来，跑向路边的房子。不一会儿，就看到她提着水桶出来了，大石老师对大吉说：

"那边是墓地，我们十分钟左右回来。你可以等等我吗？我要去看看我以前学生的墓地。或者你也可以跟我们一起去。"

最后，大石老师还是把不太高兴的大吉留下，和美沙子肩并肩前往墓地。

"呀，美沙子长这么高了！你不是我们班里最矮的女孩吗？"

"不，琴江是最矮的，然后是我……大石老师，那是琴江的坟。"

墓地离路边只有几步之遥。在一个小小的、褪色的、饱经风霜的小佛龛旁边倒着一个同样又黑又脏的小牌位。牌位前放着一个小小的碗，可能是琴江活着时使用过的吧，碗里只剩下一些褐色的泥水。美沙子往碗里倒满了水，大石老师拿起倒在一旁的牌位，把它放在胸前。现在，只有这个能证明琴江曾经在世上活过了。牌位上写着：

"俗名琴江，卒年二十二岁。"

哦，可怜的女孩，她的一生是如此的悲惨和短暂。她得病后，没有人给她请医生，也没有亲人照顾，独自一人死在储藏室的角落里。

"我的父亲总是抱怨我不是男孩，我的母亲很难过……"

大石老师眼前浮现出了琴江的脸。琴江在六年级时曾这样说过，仿佛她没有生为男孩是她自己或她母亲的错。但即使如她所愿生为男孩，也可能同样英年早逝，现在想必也被埋在军人墓地里吧。究竟是谁夺走了这些年轻的生命。大石老师眼里再次涌出了泪水。

"走开！别这么好奇地跟着我们！"

美沙子的斥责让大石老师回过神来。原来那群孩子正看着她。

"他们这次一定真的认为我是爱哭鬼老师了。"

大石老师说着笑了起来。美沙子也微笑着把勺子递给她，像是在催促她。

"大石老师，往碗里倒点水吧。"

士兵们的墓地就在山顶上。那里的墓碑按年代顺序排列——

甲午战争、日俄战争、中日战争，等等。在他们之后是新的墓地，立着许多木柱。其中一些已经腐烂或躺在地上。其中仁太、竹一、森冈正的墓碑却依然崭新。当时的混乱状况也反映在这里，人们甚至忽略了在这些年轻人的坟墓前献花。大石老师认为，这些年轻人是懵懂地参与其中并无辜死去的。

午后的阳光照在墓前花瓶里的一些山茶花枝上，花枝已经枯死了。在规划整齐的士兵墓地里，新死去的军人墓只立着木牌。墓地里一切都在诉说，现在的人们甚至连给他们立块石碑的精力都没有了。

这一切触动了大石老师的心。想到丈夫的坟墓可能同样简陋，于是她就从开出野花的草地中摘下蒲公英和紫罗兰，献在坟墓前。然后她和美沙子静静地离开了墓地。她不再哭了，但跟在她们后面的孩子们却依旧喊道：

"爱哭鬼老师！"

大石老师立即转过身来回答：

"哎——！"

惊讶的不止美沙子一人。当孩子们在她身后大声笑起来时，老师对似乎仍然不知道其中原因的美沙子说：

"我好像得到了一个好笑的绰号，现在我成了'爱哭鬼老师'啦。"

五月初的一天早晨，空气中弥漫着新叶的清香，大石老师正要走出校门，一年级女生西口胜子迎面而来，她好像一直在等她。

"大石老师，这有一封写给你的信。"

胜子很得意地把信递了过来。上面写着：

"周日是你唯一的休息日，所以你在家一定有很多事情要做。但我们真诚地希望你能在下周日参加我们的聚会。之前我们一直想看看你哪一天方便，但小麦逐渐成熟，收获的日子临近了。我们怕失去难得的相聚机会，所以就匆忙地安排了一切。我们的大多数同学都会出现，所以你也能来吗？……"

这是美沙子之前提到的聚会的邀请函。签名里有美沙子和增之的签名，但从一开始就可以看出整封信都是早苗写的。当她读完这封信时，大石老师对胜子说：

"请告诉你妈妈，老师说好的。你记住了吗？你只要告诉她'好的'。"

然而，当她坐在办公桌前时，又自言自语道：

"我现在该怎么办？"

因为她在前一天晚上向儿子们承诺，在两天后给八津过一周年忌，两天后也就是周日，尽管距离真正的周年忌日还有几个月的时间。当她宣布要去 K 镇黑市买点油炸豆腐时，并木大声欢呼起来，大吉则以大哥般的谨慎说道：

"妈妈，我们去给八津的坟墓献上一些稻荷寿司吧。我去买一些炒豆子。明天放学回家路上去 K 市黑市买豆腐。妈妈，我该买多少块豆腐？我必须买吗？妈妈，要拿点豆子去黑市换豆腐吗？我需要多少豆子？妈妈，我们今天就用瓶子捣米吧……"

大吉习惯在兴奋的时候不断地喊"妈妈"。他一定很高兴。如果她说要推迟这个活动，他们该有多么失望。大石老师并没有想过邀请客人或请和尚来作周年忌。她这样安排，是想感谢帮她照看这个家，接送她上下班的两个儿子，也是想庆祝她领到了久违的薪水。她把这个事情和八津联系在一起，因为每次看到和八津年龄相同的一年级学生，她都会想起八津，而且她和美沙子一起去祭扫过的以前学生的坟墓，更让她想起了死去的女儿。

那天，大石回到家后，和孩子们说起这件事。

"听着，孩子们，我有件为难的事情要跟你们商量，后天是周日，但我还有别的事情要做。我们能把八津的周年忌推迟到下周吗？"

"绝不！"

"不行！"

男孩们强烈抗议。

"我知道你们的心情，但我真的很烦恼。我以前的学生要为我举办一场欢迎会。欢迎我的，你们明白吗？我怎么能拒绝他们呢？"

"不行。妈妈，你答应过我们的。"

经常一个人待在家里的并木反驳道。大吉没有吭声，但他的脸上明显地流露出了失望的神情。

"我知道。这就是我伤脑筋的原因。你们两个都必须替我想一下。你们真的不愿意让我去参加欢迎会吗？"

然后她把信读给他们听。他们默默地看着对方。过了一会儿，并木不满地低声说道：

"你先答应了我们。所以你必须信守对我们的承诺。这就是民主。"

大石老师不禁为儿子所说的"民主"笑了起来。与此同时，她的脑海中浮现出一个想法。

"那么，这样吧？我们推后一下八津的周年忌活动，但为了弥补你们，我们这个周日去主村野餐吧。妈妈的欢迎会在水月楼举行——你知道，就是我的学生增之家经营的餐厅。在欢迎会结束之前，你们两个可以在那里的神社或寺庙附近玩。你们带着便当，可以在码头或其他地方吃。哦，我想起来了，还可以带着鱼竿去码头钓鱼，这会很有趣。你们觉得怎么样？"

"哇！太好啦！"

又是并木首先欢呼起来。大吉笑着点点头，表示同意。

周日早上，太阳躲进云层里，如果不下雨的话，从大松树出发步行四公里半的路程就更加舒服了。欢迎会定于下午一点，所以一家人十二点左右就出门了。以前乘坐公共汽车只需大约十五分钟即可到达。今天他们步行前往主村，一家人很少一起出去，所以遇到的人总是问他们：

"你们一起去哪里？"

"我们要去原足。"

回答的总是并木。他故意把远足说成原足，但没有人听懂。然而，对于两个男孩来说，这非常有趣。每次看到熟人走过来，他们都会低声说：

"你们一起去哪儿？"

声音很小，只有他们自己才能听到。事实证明，他们的猜测总是正确的。

"你们一起去哪儿？"人们总是这样问。

"我们要去原足。"

并木会很快回答，然后匆匆走过去。大吉追上他，他们就会蹲下来咯咯地笑。

他们从来没有过这样的经历，所以特别兴奋，一遍又一遍地重复同样的事情。渐渐地熟人变少了，不再有人问他们了。那时他们已经快到了隔壁的村子。到了要和母亲分别的地方时，本来兴高采烈的兄弟俩显得有些着急，交替问道：

"妈妈，如果我们的野餐比你们的聚会早结束，我们该怎么办？"

"那就去水月楼下面的海滩玩，往水里扔小石子什么的。"

"如果村里的男孩来对我们做一些令人讨厌的事情呢？"

"那就做一些令人讨厌的事情还回去，并木。"

"那他们比我们厉害呢？"

"胆小鬼！那你们就哇哇大哭吧。"

"他们会嘲笑我们的。"

"他们当然会的。如果我听到你们哭，妈妈也会在水月楼上嘲笑你们的。"

"从那里可以看到海滩吗？"

"大概吧。"

"那你会时不时看看窗外吗？"

"好吧，我会看的，朝你们挥挥手。"

"这样一来，他们会认为我们是大石老师的孩子，就不会欺负我们了。"

听到并木称自己为大石老师，她情不自禁地笑了。

"哦，你叫我大石老师吗？"

她本想告诉他，她在海角村被称为"爱哭鬼老师"，但又忍住了。他们刚刚到达岔路口，孩子们就要去爬山。当他们走了十七八米远时，大吉喊道：

"妈妈，要是下雨了怎么办？"

"傻孩子！你们自己想办法吧。"

现在距离水月楼只有不到十分钟的路程了。大石老师继续往前走，她看到早苗和美沙子像孩子一样朝她跑来。

"大石老师！"

她们顾不上行礼，一下子紧紧地抱住了大石老师。

"有一个你很久没见的人来了。猜猜是谁？"早苗说。

"有一个我很久没见的人？"

"如果你一次就能猜对，我们就佩服你。是吧，美沙子？"

早苗和美沙子互相点点头，调皮地笑了。

"别吓我，能不能让你们佩服我就看这个了？好吧，让我想想看……有一个我很久没见的人吗？哦，可能有两个人。富士子和松江？"

"天哪，我们该怎么办？"

早苗像个孩子一样喊道。

"我猜对了吗？他们两个都来了吗？"

"没有，只有一个。猜一下？天哪，你现在一定知道了，她就在那里。"

她们已经走进了餐厅。大厅里，同学们站成一排，中间是小鹤和增之，他们一直在注视着慢慢靠近的三个女人。大石老师惊讶地看到了戴着墨镜的矶吉，就在这时，其中一个女子突然抱住她的肩膀，放声大哭起来，正是站在增之身边那个穿着别致和服的女人。

"大石老师，我是松江。"

大石老师早已经认出了她。

"哎呀，你是我好久没见的人了。很高兴再见到你，真是太好了！谢谢你，小松。"

松江抽泣着回答道：

"我收到了增之的来信。我想如果我错过了这个机会，我一辈子都会被大家挤兑的。于是我顾不上什么体面不体面，就匆匆赶到了这里。请大石老师原谅我。"

说完，她彻底抛弃了所谓的体面，放声大哭起来。增之见状，开玩笑地拉着她的后衣领说道：

"听着，小松，别独占我们的老师。别哭了，我们一起上楼去吧？"

楼上的房间果然面向大海。

"矶吉，你好吗？"

"噢，大石老师，我们已经很久没有见面了。"

"七年了。"

"是啊，我现在都变成这样了。"

矶吉低着头，一动不动地站着，然后大石老师牵着他的手走上楼梯。阴云密布的天空渐渐放晴，正午的阳光洒在海面上，格外刺眼。二楼的光线太亮了，而奇怪的是，从面向北山的窗户望去，天空看起来好像随时都会下雨。两间相通的八席房间吹过清爽的海风，海风掠过的皮肤感觉非常舒服。

"哎呀，好美的景色啊！快看！……"

小鹤扶着扶手转过身来说道，然后她突然用手捂住了嘴，沉默了。因为她注意到了矶吉。仿佛要立即消除此时尴尬的局面，增之用她那浑厚的声音说道：

"来吧，大石老师。请坐在矶吉旁边。小松，你坐在这边。你们和大石老师多说说话吧。其余的人可以随意坐。"

增之的语气虽然很随意，但大石老师却听得出她的安排背后隐藏着温暖的同情。

"老师，我们都带着一年级学生的心情来欢迎你。这就是为什么……"

增之快速地看了矶吉一眼，话没说完，只是指着壁龛，那里有一个明信片大小的画框，靠在一头雕刻的小木牛摆件上。画框上面正是当年大石老师在大松树下为他们拍的照片。早苗简短地说了几句欢迎词。增之马上接着说：

"大家都别客气了，就像当初我们上一年级那样吧。是吧，矶吉？"

矶吉坐得笔直，双手揉着膝盖，微笑着。松江焦急地等待着和老师说话的机会，这时她侧身走到老师面前，看着老师的脸说：

"大石老师，千里就拜托您多费心了。我知道这个消息时，你不知道我心里有多高兴。无论你多么鄙视我，我都不会忘记你。"

说着，她用手帕挡住了自己的眼睛。增之见状，赶紧打断了她："小松，你在说什么啊？你还没喝过一滴清酒呢。你不应该对大石老师那样说话。聊聊以前的美好时光吧！"

她拍了拍松江的肩膀。松江听完她的话，高兴地说。

"我就是这么想的。是吧，大石老师？战争期间，我把那个便当盒放在防空洞里保护。我甚至不想给我的女儿用。它一直是我的宝贝。今天我把它带来了，里面还装了米。"

听到这话，吉次从卡其布西装的口袋里掏出一个小布袋，对增之说："给，这是我的那份。"

"算了吉次，你已经给我们带来了鱼。"

大石老师想，他们每个人都为这次聚会拿出了自己的东西。她一边想一边听松江说话。

"她说的'她躲过空袭的珍贵便当盒'到底是什么？"大石老师问自己。原来她已经忘记了那个百合花便当盒的事情了。

"小松，你说的便当盒是什么样的？"她低声问道。

松江一下叫了起来：

"你不记得了吗？我这就去拿给你看。"

她起身冲下楼，又立刻跑回来。她把手里的空便当盒拿给大家看，说道："你们看！这是五年级时大石老师送给我的，你们觉得好看吗？"

大家都笑了。

"你太偏心了，大石老师。我不知道你这么喜欢松江。我真的不知道。"

增之抗议道，又引来一阵大笑。然而，老师却眼含热泪地看着他们。她立即认出了那个便当盒。松江一次也没有把那个便当盒带到学校。她还记得松江在码头的小旅馆被发现时，正大声叫喊着："来一份天妇罗。"过去有关松江的记忆再次浮现在大石老师的脑海中，与现在坐在她面前的人是同一个人。可怜的松江！她一定非常不开心，而且她似乎很自卑，好像她应该为自己不幸的过去感到羞耻。

· 189 ·

饭菜断断续续地端了上来，松江连忙站了起来，手里拿着瓶装啤酒和汽水，动作熟练地为大家斟满酒水。看看一切都已准备就绪，增之提议道：

"现在，让我们为老师的健康干杯！"

增之第一个把杯子里的酒喝光了。松江给她倒了一杯后，她立刻又喝了一杯。然后她深深地叹了口气：

"哦，要是仁太和丸子都在这里。那么我们就别无他求了。对吧，大石老师？矶吉、丸子、吉精、仁太，他们都是好男孩。还有竹一，他读大学后，变得有点势利，但无论如何他也是一个好孩子。你不觉得我们班的每个人都是好孩子吗？但是，所有男生都运气不好，女生经历了生活的苦难。小鹤和早苗也是如此。但也许松江和我才是最难熬的。不过，我们都还是那样坚韧。我想是我们的经历让我们都变得更加理智了。我确信我们可以做像小美这样的已婚女士，或像小鹤和早苗这样有尊严的老处女没有勇气做的事情。对吧，小松？"

然后她把啤酒倒进了松江的杯子里。所有的女人中，只有她们两个人喝了啤酒。小鹤从一开始就坐在矶吉旁边，每一道菜都给他夹到盘子中。松江则忙着端着食物，时而站起，时而坐下，仿佛这里就是她的工作场所。吉次一如既往地安静地坐着，只是喝酒吃饭。坐在他身边的早苗，转向老师，哈哈大笑起来。

"大石老师，你不觉得这种时候老师是最没用的吗？"

她咯咯笑着，耸了耸肩。

"我也这么觉得。"

美沙子害羞地说，引得大家哄堂大笑。增之已经微醉了，她走到矶吉身边，让他拿着酒杯。

"来，矶吉，让我为未来的按摩师干一杯。"

大石老师这时才注意到，整个聚会中，矶吉在一直端正地坐着。

"我们都像在家里一样，矶吉。"大石老师说，"你也让自己坐得舒服一点吧。"

矶吉微微侧过头，将手放在了颈后。

"好吧，大石老师，说实话，我感觉这样很舒服。"

他梦想做当铺主管，从十几岁起他就接受了当铺店员的训练，早已完全习惯了这种坐姿。现在，二十五岁左右的他，必须重新获得一项新技能。接下来，他要锻炼那一双早已僵硬的手，人们无法预测他作为一名按摩师会取得多大的成功。但他没有其他的出路。他的老师一般不愿意收这样的学生。然而，在增之的帮助下，矶吉成为他的学徒。增之就像对待自己的弟弟一样对他说道：

"因为你失明了，每个人都同情你，他们都在努力不让你难为情。但不要灰心，矶吉。"

啤酒溢了出来，滴到了矶吉的腿上。他很快就喝光了杯子里的酒。当他把酒递给增之时，他说：

"增之，不要经常用'盲'这个词。我很理解。但我希望你们所有人对我也别太在意。随便聊聊那张照片，或者其他任何你喜欢的事情。"

在场的人不由自主地相视一笑。既然矶吉提到那张照片，他们就再也不能不提照片了，于是大家拿起照片，一个一个传着看。每个人都对此发表了很多感慨。最后，照片到了小鹤手上，她毫不犹豫地递给矶吉，说道：

"这是我们在大松树下的照片！"

矶吉大概是有点醉了，他举起照片放在眼睛前方，就好像真的能看到似的。

坐在他旁边的吉次注意到这一点，像一个刚刚有了什么新发现一样，惊讶地问道：

"你能看到一点吗，矶吉？"

矶吉笑了起来，说道：

"吉次，我虽然眼睛失明了。但这张照片我是可以看到的。你看，中间的不是大石老师吗？竹一、仁太和我在她前面，增之站在大石老师的右边，富士子在左边。小松的双手握在一起，只有左手的小指头伸出来。还有……"

他继续自信地指着照片中的每一个同学，但他的食指每次都有点偏离。大石老师赶紧替犹豫着不知如何回答的吉次回答道：

"是的，是的。就是这样的。"

当大石用欢快的声音附和着矶吉时，泪水顺着她脸颊流了下来。同学们都静静地看着大石老师。早苗突然站了起来，有些陶醉的增之也站了起来,靠在栏杆上唱了起来。

"古老的城堡已成废墟,武士们悠闲地坐在一起,在月亮下饮着清酒,看樱花盛开。"

增之唱着唱着,眼睛闭了起来,仿佛被自己可爱的声音迷住了。这是她六年级学艺会上演唱的歌曲,就是这首歌获得了知名度。早苗突然抱住增之的背,抽泣了起来。